Benno Bengali

Gestatten, mein Name ist Adolf

© 2020 Benno Bengali

Kontakt: benno@benno-bengali.de

1. Auflage

Verlag & Druck: tredition GmbH, Halenreie 40-44, 22359 Hamburg

ISBN:

978-3-347-02336-9 (Paperback)
978-3-347-02337-6 (Hardcover)
978-3-347-02338-3 (e-Book)

Bibliografische Information der Deutschen Nationalbibliothek: Die Deutsche Nationalbibliothek verzeichnet diese Publikation in der Deutschen Nationalbibliografie; detaillierte bibliografische Daten sind im Internet über http://dnb.dnb.de abrufbar.

Für meine Familie.

MEIN ERWACHEN

Ich weiß noch genau, wie ich im ersten Moment dachte „Hat Himmler es doch geschafft? War sein Esoterik Schwachsinn am Ende etwa zu etwas zunutze? Oder steckte gar Mengele dahinter?"

Halb in jene Gedanken versunken versuchte ich die Augen zu öffnen. Es gelang nur schwerlich, da ich mich fühlte als hätte ich mehrere Tage durchgeschlafen und auch das Tageslicht kam mir seltsam grell vor und brannte auf meiner Netzhaut. Langsam traten die schemenhaften Formen von Gebäuden aus dem Nebel einer verschwommenen Sicht. Jede Kante, jedes Detail wurde sekündlich schärfer. Mich fröstelte es. Offenbar war es noch früher Morgen, denn die breite vor mir liegende Straße aus Kopfsteinpflaster war menschenleer. In den Gebäuden gegenüber befanden sich im Erdgeschoss mehrere Kneipen, noch nicht gekehrte Bierflaschen zeugten von einer lebhaften Nacht.

Langsam richtete ich mich auf. Mir schmerzte der Rücken, ich hatte wohl auf einer breiten Stufe aus Stein genächtigt. Erst jetzt fiel mir ein beißender Uringeruch auf, der mich leicht würgen ließ. Mein Magen knurrte um auf den stechenden Nüchternschmerz aufmerksam zu machen, der ihn befallen hatte. Plötzlich hörte ich hinter mir ein röcheliges Husten, wie damals im Lazarett der junge Kamerad neben mir, dem der Franzose in die Lunge geschossen hatte. Ich drehte mich um und erschrak, als ich mehrere Schlafsäcke mit offensichtlich asozialen Herumtreibern sah, die vor einer alten heruntergekommenen Villa ihren Rausch ausschliefen.

Das Gebäude war nicht nur in einem desolaten Zustand, der selbst einem Polen die Schamesröte ins Gesicht getrieben hätte, nein, es war auch über und über mit bunten, nicht zu entziffernden Schriftenzügen bedeckt. Unter einem stilisierten Penis konnte ich das Wort *Fuck* herauslesen. Offenbar hatte der Engländer oder Amerikaner hier gewütet, womöglich saß ich gar vor der Villa eines Parteifunktionärs der hier verhaftet, gefoltert, erschossen oder wer weiß was wurde und dessen Haus in blinder Wut so zugerichtet wurde.

„Wer bist du denn?", fragte mich plötzlich mit rauer Stimme einer der Obdachlosen und starrte mich mit seinen glasigen Augen und dem unrasierten Gesicht an. Mich überkam der grauenhafte Gedanke, dass es sich bei diesen Männern gar nicht um Herumtreiber, sondern um Vertriebene handeln könnte, die ebenso wie der Parteifunktionär von den Engländern ihres Heimes beraubt worden waren und die nun nur aus Verzweiflung und größter Not hier einen windgeschützten Schlafplatz gesucht hatten. Den Alkohol hatten sie vielleicht nur gegen die nächtliche Kälte getrunken, so wie es auch viele treue Landser im harten russischen Winter getan hatten.

„Erkennen Sie mich etwa nicht?", fuhr es aus mir heraus. Der Mann schien leicht zu knurren während er seine Stirn in Falten legte.

„Klaus?", sah er mich fragend an.

„Nein, Hitler mein Name, Führer des Großdeutschen Reiches!"

„Hahaha", der Mann brach in schallendes Gelächter aus. „Weißt Du was das Witzige ist, du siehst wirklich ein bisschen so aus!"

Der Mann schien mich nicht ernst zu nehmen. Ich rappelte mich auf und blickte mich um. Erst einmal Orientierung gewinnen. Die Grabenkämpfe des ersten Weltkrieges, wo Feind gegen Feind in einer Linie stand, waren schließlich schon lange vorbei.

Von links näherte sich ein wehrmachtgraues Fahrzeug. Ich erkannte die Marke am Stern. Ein Mercedes. Ein gutes Zeichen? Ich sah auf das Nummernschild und erkannte ein *HH* als die ersten beiden

Ziffern. Mir wurde warm ums Herz: *HH* konnte doch nur *Heil Hitler* heißen und jedes Fahrzeug sollte den Führergruß quasi als chiffrierte Standarte mit sich führen. Der Wagen fuhr vorbei. Bekräftigt durch dieses gute Omen ging ich, nun viel befreiter, in eine Straße die parallel der Bahngleise verlief. Weitere Fahrzeuge passierend registrierte ich zufrieden das *Heil Hitler* auf den Schildern. Doch Moment, was war das? Ein Peugeot? Ein Fiat? Vermutlich Kriegsbeute.

Die Straße der ich folgte war gesäumt mit allerlei exotisch anmutenden Kneipen und Speiselokalen. Türkische und indische Spezialitäten und, zu meiner großen Entzückung, auch vegetarische Küche!
Am Ende der Straße links einbiegend ging ich auf den Bahnhof zu. Weitere orientalische Gaststätten hinter mir lassend, blickte ich auf die gerade einfahrende Bahn. Sie selbst schien kaum hörbar zu sein, es war auch kein Rauch zu sehen. Lediglich das *Badumm, Badumm* der die Gleishubbel passierenden Räder war zu hören. Wie damals im Zug gen Westen. Franzmänner und Tommies bereits auf uns in den Gräben wartend.

Im Bahnhof *Sternschanze* schaute ich auf die Informationstafel. Hamburger Verkehrsverbund. Ich war also in Hamburg. Wie kam ich bloß aus meinem Bunker in Berlin mit den Russen vor der Tür nach Hamburg? Ich schaute auf die Preistafel: Einzelfahrt, Tageskarte, Großbereich... alles ziemlich verwirrend. Alle Preise in Euro. Euro? Und wo ist die Reichsmark?
Ein ungutes Gefühl überkam mich. Es stand dort zwar nicht Dollar, Pfund oder gar Rubel, aber als siegreiches Großdeutsches Reich hätte ich und hätte kein ordentlicher Deutscher jemals die Reichsmark abgeschafft. Ich hatte mich immer geweigert, mich auf Münzen abbilden zu lassen, jedenfalls nicht vor dem Endsieg. Auf Briefmarken, ja gut, das Volk wollte es ja auch, aber auf

unseren Zwei- und Fünf-Reichsmark Silbermünzen sollte der gute Hindenburg bleiben.

Stand 1. Januar 2020. Mich traf fast der Schlag. 2020? Es sollen 75 Jahre vergangen sein? Ich müsste doch schon lange tot sein, ja ich war doch schon tot, als ich auf die Zyankali-Kapsel biss und mir eine Kugel in den Kopf jagte.

Ich atmete tief durch, ich musste meine Gedanken ordnen. Noch begriff ich nicht wirklich, was los war. Die einzige Erklärung die ich momentan für die Situation hatte, war, dass Gott den Lauf der Dinge noch einmal verändern lassen wollte. Und wer konnte dafür besser geeignet sein, als ich? Ich, der ich Europa und die halbe Welt unterworfen hatte und eigentlich ja auch nur durch sein, durch Gottes Werk, nämlich seinen verfluchten harten russischen Winter, an meinem großen Ziel gescheitert war. Es waren nicht die wenigen strategischen Fehlentscheidungen und es waren auch nicht unsere *Verbündeten*, die Italiener und Rumänen, die bei der geringsten Gegenwehr und beim geringsten Rückschlag die Flinte ins Korn warfen, ja gar zum Feinde überliefen. Es war auch nicht das falsche Volk, das ich gewählt hatte, sich als reinstem aller Völker den Planeten Untertan zu machen, auch wenn ich zugegebenermaßen manchmal an meiner Wahl zweifelte. Nein, ich habe immer gesagt, wenn das deutsche Volk den Endsieg nicht erreichen würde, dann müsse es sich in sein Schicksal fügen und untergehen. Aber die deutschen Landser, meine treue *SS* und am Ende jeder Bub und jeder Greis, sie alle haben tapfer gekämpft. Nein, ich habe nicht falsch gewählt. Gott musste gemerkt haben, dass er einen Fehler gemacht hatte und diesen Fehler korrigierte er nun.

Ich hörte wie hinter mir jemand die Rollläden zu einem Kiosk öffnete. Der Mann hatte ein orientalisches Erscheinungsbild. Die Orientalen schienen mir immer von unserer nationalsozialistischen Ideologie sehr angetan, aus rassischen Gründen waren unsere Völker aber nicht kompatibel genug, um eine Achse zu bilden. All die Gaststätten die ich passiert hatte. Waren die Orientalen etwa am Ende des Krieges die lachenden Dritten? Mein Kopf dröhnte und mit einem starken Stich meldete sich nun auch der Hunger zurück. Ich griff in meine Tasche, doch sie war leer. Ich musste mich stark überwinden, betrat dann aber schließlich den Kiosk und fragte den mich skeptisch musternden Orientalen: „Guter Mann, sagen Sie, hätten Sie wohl etwas zu essen für mich?"

Erbost antwortete er in gebrochenem Deutsch: „Hier nix betteln, raus!".

„Aber hören Sie, ich befinde mich wirklich in einer Notlage…"

„Raus!" unterbrach er mich.

Was war dies nur für eine Zeit? Es fiel mir doch schon schwer genug, den Mann als Bittsteller zu belästigen. Die Wut stieg in mir auf. Auch in Zeiten größter Not war das deutsche Volk immer eine große Schicksalsgemeinschaft gewesen, in der jeder jedem half. *Gemeinnutz geht vor Eigennutz* stand im Rand einer jeden Hindenburg-Münze. *Du bist nichts, Dein Volk ist alles*. Das waren nicht nur Sprüche, das war Realität, wenn Landser ihre eiserne Ration noch mit einem Kameraden teilten! Da stand ich nun. Ohne Geld, ohne Essen, ohne Ziel und ohne Plan.

Quo vadis, Adolf Hitler?

UNTER FEINDEN

„Hey, Alter, setz' Dich doch zu mir", hörte ich es plötzlich hinter mir. Ich drehte mich um und sah am Bahnhofseingang einen jungen Mann sitzen. Er sah ganz ungeheuerlich aus, mit einer spitzen, hochtoupierten roten Haarmähne, die seinen sonst kahlen Kopf mittig zierte. Dazu glänzte es metallisch an seinen Augen, seiner Nase und seinem Mund. Er trug eine mit Nieten versetzte Lederjacke, die mit allerlei Abzeichen und Schmierereien *verziert* war, dazu eine blau-weiße Hose, die aussah, als sei sie ein gemaltes Aquarell.

„Ja, was iss' nu, bis Kalle da ist machen wir Halbe-Halbe." Etwas zögernd setzte ich mich neben ihn auf ein Stück alte Decke.

„Hi, ich bin Pille", sagte er und hielt mir ein Bier vor die Nase. Ich winkte ab, da ich keinen Alkohol trank.

„Iss' dir wohl noch zu früh, wah? Wie heißt'n Du?"

„Hitler", sagte ich und blickte konsterniert ins Nichts.

„Hahaha, der war gut. Dann nenn' ich Dich Addi", sagte er und lachte. „Mach Dir keinen Kopp Addi, gleich kommen die Pendler und dann hamm' wa ganz schnell genug Geld für'n Brötchen." Ich nickte und schloss die Augen. Mein Magen schmerzte immer noch vor Hunger. Scheinbar fiel ich in einen leichten Dämmerschlaf, denn ich fing an zu träumen. Ich war auf dem Obersalzberg und Eva und Blondie waren dort. Blondie leckte meine Hand. Das Wetter war herrlich und während ich die mir so wohlbekannte Berglandschaft bewunderte, zog mir ein herrlicher Duft in die Nase. Forelle in Buttersauce, mein Lieblingsgericht. Es wurde zu Tisch gerufen und auf der Terrasse war schon alles eingedeckt. Rudolf und Albert saßen auch an der Tafel. Rudolf lächelte friedlich und Albert wollte mir gerade Skizzen für Germania, die Welthauptstadt unseres tausendjährigen Reiches zeigen, als ich abrupt aus dieser bittersüßen Phantasie gerissen wurde.

„Das sind doch alles Nazis", schimpfte Pille.

Ich blickte auf. „Nazis?", sah ich ihn fragend an. Pille musterte mich kurz, dann sagte er:

„Ja, die Schweine sind heute geizig. Alles Nazis."

„Das heißt wir haben den Krieg doch noch gewonnen?", fragte ich freudig. Bevor mir Pille antworten konnte wurde er plötzlich von einem Schäferhund besprungen.

„Blondie?", dachte ich kurz, aber sie war es nicht.

„Fötzchen!", sagte Pille fröhlich und ließ sich von dem Tier das Gesicht ablecken. Ein weiterer Mann mit ähnlicher Frisur und Outfit schmiss sich neben Pille.

„Aaaalter!" rief er und zog zugleich eine Dose Bier aus der Lederjacke. Dann starrte er zu mir herüber.

„Wer bist Du denn? Du siehst ja aus wie Hitler!"

„Er heißt auch Hitler!", sagte Pille und lachte. „Ich hab ihn Addi genannt, er redet aber nicht viel."

„Aaaaalter", stieß er mich nun über Pille greifend an.

„Mach Dir keinen Kopf, wir sind doch alles *Kameraden* hier." Dann lachte er los und trank einen weiteren Schluck aus dem Bier.

„Mona kommt auch gleich, die hat mit mir bei Zecki gepennt."

„Wat, is' ja spitze, wußte gar nich, dass die wieder in Hamburg ist. Prost Alter!"

Immer mehr Menschen gingen in den Bahnhof. Die meisten waren der Kleidung nach zu urteilen in der Verwaltung tätig. Von Stahlarbeitern aus Werft und Rüstungsindustrie zumindest keine Spur. Von Soldaten schon gar nicht. Ab und zu flog ein Stück Kleingeld in den von Pille bereitgestellten Becher, allerdings eher willkürlich und nicht motiviert durch die sporadisch von Kalle und Pille ausgerufenen Bittrufe wie „Haben Sie etwas Kleingeld für uns?" oder „Hast Du mal `nen Euro?".

Nachdem die beiden jeder noch ein Bier getrunken hatten und dann entsetzt feststellten, dass das Bier nun alle war, befand Pille es wäre Zeit für den Kassensturz und kippte den Becher vor sich aus. Als er anfing das Kleingeld zu zählen pfuschte ihm Kalle immer wieder dazwischen und sie fingen sogar an sich zu zanken, bis Kalle irgendwann Ruhe gab und Pille nach drei Anläufen eine halbwegs korrekte Summe zusammen hatte.

„Sechs Euro Zweiundzwanzig!", stieß er aus.

„Ja, geil, lass Bier holen gehen!", sagte Kalle.

„Moment, wir müssen mit Addi teilen, das hab ich ihm versprochen."

Pille kramte einige Münzen zusammen und drückte sie mir in die Hand, dann verschwand er mit Kalle im Kiosk. Kurz darauf waren sie schon wieder da. Statt sich etwas zu essen zu kaufen, hatten sie jeder eine Dose Bier und eine kleine Flasche Korn in der Hand. Sie setzten sich wieder zu mir, richteten den Becher aus und tranken weiter.

„Sagt mal, was genau macht ihr eigentlich?", fragte ich sie schließlich.

Pille und Kalle sahen sich an. „Na schnorren", sagte Pille etwas ratlos. Kalle schaute mich mit glasigen Augen an und rief dann leicht aggressiv: „Bisher haste doch gut davon gelebt, mein Führer!" Dann lachte er.

Ich stand auf und ging mit dem Geld in den Kiosk. Die zwei Euro reichten genau für einen Tee und ein halbes Käsebrötchen. An einem Stehtisch nahm ich den ersten Bissen des Brötchens zu mir. Herrlich. Es war sicher nichts Besonderes, aber es fühlte sich an wie die erste warme Suppe nach eisigen Nächten in den gefrorenen Gräben in Stalingrad. Der Tee war von minderer Qualität, doch auch er schmeckte in diesem Moment wie feinster Darjeeling aus Indien. Langsam und bewußt, so wie ich es immer tat, aß ich dieses einfache Mahl. Neue Kräfte stiegen in mir auf, die nach und nach die Perspektivlosigkeit und den Magenschmerz verdrängten. Ich war am Leben, ich war in Deutschland und ich war auserwählt.

Doch war ich allein? War Eva, meine treue Weggefährtin vielleicht auch auferstanden? Und wie steht es um Deutschland, nachdem die Lage vor meinem Ableben so aussichtslos war. Hatten sich die Generäle geirrt und der Angriff Steiner doch ein Erfolg? War die geheime, zerstörerischste aller Vergeltungswaffen noch fertig geworden und konnte sie noch gegen Russland eingesetzt werden?

Kräftigen Schrittes ging ich wieder nach draußen. Pille und Kalle standen mit dem Rücken zu mir und verdeckten meine Sicht auf ein junges Mädel. Und was für eines! Sie war zwar ähnlich merkwürdig gekleidet wie die *Schnorrer*, aber ihre Frisur war annähernd normal und auch Eisen hatte sie nur ein winziges Teil an der Augenbraue. Sie erinnerte mich an Eva. Es waren die Augen. Was für schöne Augen! Ich räusperte mich kurz und die drei wendeten sich mir zu.

„Eeeej", rief Kalle sichtlich betrunken. Pille, sich wohl rudimentärer Umgangsformen besinnend, lallte mir entgegen: „Mona, das is' Addi, Addi das is' Mona." Ich streckte Mona die Hand entgegen und verbeugte mich leicht, als sie mir die ihre gab.

„Sehr erfreut, Fräulein Mona." Sie kicherte leicht. „Mona reicht." Lachend murmelte sie nochmal das „Fräulein".

„Lass ma' in Park gehen", sagte Pille. Die Männer packten ihre Sachen ein. Mona lächelte mich an:
„Addi, kommst Du mit?"
Ich sagte ja, ich wollte diese mir wohlgesonnenen Leute noch etwas bezüglich der aktuellen Lage aushorchen. Mona hatte eine Art Koffer dabei. Als wir losgingen drückte sie einen Knopf und ein ungehöriger Krach ertönte. Offenbar handelte sich dabei um ein tragbares

Radio. „Das ist aber ein großer Volksempfänger", rief ich Mona zu.

„Slime aus dem Volksempfänger", lachte sie und drehte noch lauter. Die Musik war scheppernd und schnell. *Mollis und Steine gegen Bullenschweine* entzifferte ich noch, dann war das *Lied* vorbei. Die Ruhe währte jedoch nur kurz und das nächste Stück lärmte los. Diesmal ging es darum, dass Deutschland *sterben müsse*. Ich traute meinen Ohren nicht! Ich hatte mich offenbar antideutschem Gesindel angeschlossen. Solche Musik sollte verboten werden, volkszersetzendes Verhalten welches sofort mit dem Tode bestraft werden müsste!

Wo *Faschisten und Muttis das Land regieren*. Der einzige Lichtblick: Faschisten regieren das Land!

Wir waren mittlerweile in einem kleinen Park angekommen und Pille und Kalle legten sich ins Gras und dösten ein. Ich setzte mich zu Mona und drückte so lange einige Knöpfe an dem Empfänger, bis er verstummte. Mona sah mich mit ihren blauen Augen an.

„Du magst wohl Slime nicht? Ich habe auch noch Ton, Steine, Scherben und Kotzreiz."

„Du hast Kotzreiz?"

„Ja, warte." Sie griff Richtung Volksempfänger und wollte ihn wieder einschalten.

„Glaubst Du nicht etwas Ruhe und ein Tee wären bei Kotzreiz besser?", fragte ich sie und hielt ihre Hand auf, an dem Gerät zu hantieren. Verwundert sah sie mich an, dann lachte sie wieder.

„Du kennst Kotzreiz wohl nur vom Saufen, das ist eine Punk-Band aus Berlin."

„Eine Punk-Band?"

„Du bist komisch, aber Du bist wohl auch kein Punker. Bist Du obdachlos?"

„Ich fürchte ja."

„Was soll das denn heißen, bist Du es, oder bist Du es nicht?"

Ich musste mir etwas überlegen, die Wahrheit war gefährlich bei Leuten die Deutschland sterben sehen wollen.

„Ich kann mich nicht erinnern, ich leide wohl unter Gedächtnisverlust. Das letzte woran ich mich erinnern kann, war als ich die Zy..., als ich ziemlich gerädert vor einer heruntergekommenen Villa aufgewacht bin."

„Du Armer...", lachte Mona. „Und was willst Du jetzt machen?"

„Na ja", sagte ich, „ich denke ich müsste mich etwas orientieren, das Tagesgeschehen, die Geschichte des Deutschen Reiches und so weiter. Ich hörte vorhin wurde von *Faschisten, die das Land regieren* gesungen. Wer genau sind denn diese Faschisten, etwa Nationalsozialisten?"

„Oh Mann, Addi, Dich hat es wohl härter erwischt. Uns regieren keine Faschos, ein paar CDU-Nazis vielleicht und auch die SPD ist nicht mehr das was sie mal war. Die Grünen oder die Linke sind okay. Von der AFD fang ich lieber erst gar nicht an, das ist für mich NPD in Nadelstreifen."

Mir dröhnte schon wieder der Kopf. „CDU-Nazis?"

„Du weißt schon, so Hardliner, Law & Order, Flücht-linge abschieben und so. Nazikram halt."

Ich durfte nicht so forsch sein, sonst könnte sie noch misstrauisch werden. Ich musste wissen, wie die Ge-schichte nach 1945 weitergegangen war.

„Mona, kannst Du mir sagen, wo ich eine Bibliothek finde?"

„Eine Bibliothek? Moment, ich schau mal nach."

Mona zog eine Art Zigarettenetui aus der Tasche, fuhr mit dem Finger darüber und tippte darauf herum.

„Meinst Du eine richtige Bibliothek oder eine Buch-handlung, Thalia oder so?"

„Ich würde gerne etwas über die deutsche Geschichte lesen."

„Na ja, da findest Du auch was bei Thalia." Sie tippte wieder auf dem kleinen Gerät herum und hielt es mir dann hin. Auf einer Art kleinen Leinwand war eine Karte abgebildet.

„Hier, Du fährst zwei Stationen bis Hauptbahnhof und gehst dann in die Spitaler Straße." Mit dem Finger bewegte sie die Karte. Dann zog sie mit zwei Fingern gleichzeitig über die Leinwand und vergrößerte so das Bild.

„Da hast Du ja einen schönen... äh, ein schönes..."

Ich verstummte und sah sie an.

„Was meinst Du?"

„Na ja, die äh...", ich zeigte auf die Leinwand.

„Mein Handy?"

„Das Gerät mit der Karte."

„Ja, mein Handy. Hab' mir auch endlich ein Smartphone gekauft."

„Kann man die Karte auch herausholen?"

„Äh, nein, aber dafür kann ich Fotos machen, Musik hören, Mails checken, Facebook, aber da bin ich nicht. Whatsappen, Internet... ist schon was Geiles. Du kannst auch über Wikipedia alles über die Geschichte der Menschheit lesen. Oder über Kamasutra oder Punk. Was Du willst!"

„Was ich will? Wiki-Pe...?"

„Dia! Die größte Enzyklopädie der Welt. Kannst' Dir auch bei YouTube Videos ansehen, da gibt es auch alles. Ich hab nur leider nicht mehr viel High Speed Volumen über."

Ich glaube ich sah sie an wie ein Irrer, denn ich verstand sie zwar irgendwie, aber ich konnte nicht glauben, dass ich mit diesem kleinen Gerät all die Dinge machen konnte, die sie aufgezählt hatte. Sie bemerkte wohl mein Erstaunen, tippte wieder ein wenig darauf herum und drückte mir dann das Gerät in die Hand.

„Hier, das ist die Startseite von Wikipedia. In das Feld dort oben kannst Du eingeben, was Du willst. Dafür klickst Du einmal drauf und die Tastatur öffnet sich. Dann tickerst Du Deinen Suchbegriff ein und los geht's!"

Unbeholfen tapste ich auf dem Gerät herum. Nach einigen Anlaufschwierigkeiten gab ich meinen eigenen Namen ein: *Adolf Hitler*.

Es erschien ein sehr langer Artikel über mich, dazu noch einige Bilder. Ich sog den Artikel in mich auf. Selten hatte ich so viel Mist gelesen. Der Feind war clever. Er mischte Fakten mit Fiktion und erhöhte so die Glaubwürdigkeit der eingestreuten Lügen und Verleumdungen. Die Angaben zu meinem Tod jedoch waren wahrheitsgetreu. Der 30. April 1945 mit den Russen nur noch wenige Meter vom Bunker entfernt. Ich wollte auf keinen Fall, weder tot und erst recht nicht lebendig, den Russen in die Hände fallen. Über einen Verweis gelangte ich zu dem Artikel über den Nationalsozialismus in Deutschland. Ach ja, das waren noch Zeiten, als wir eine junge, im Aufstieg befindliche Bewegung waren. Plötzlich piepte das Gerät und die Leinwand wurde dunkel.

"Was ist denn jetzt los?", sah ich Mona fragend an.

"Der Akku ist gleich leer, sorry, da musst Du wohl erstmal Pause machen."

"Pause?", dachte ich, "Unmöglich!" Ich musste mich unbedingt weiter am Quell dieses Informationsstromes laben.

"Und wie kann der Akkumulator erneuert werden?"

Mona grinste. "Na ja, ich brauch nur eine Steckdose. Bei Starbucks haben sie welche, ich könnte auch echt einen Kaffee vertragen. Aber eigentlich steh' ich nicht auf diese kapitalistischen Blutsauger. Und bevor Du wieder fragst: Starbucks ist eine amerikanische Café-Kette. Vielleicht sollten wir lieber zu Zecki, ich habe einen Schlüssel für seine Bude. Aber psst…"

Mona sprach plötzlich ganz leise zu mir: "Das sollen Kalle und Pille nicht wissen, die saufen Zecki immer den Kühlschrank leer und reihern ihm das Badezimmer voll."

Mir war vollkommen gleichgültig was Zecki für Probleme hatte, ich musste wieder an das Gerät von Mona gelangen.

"Es wäre ganz großartig, wenn ich noch ein wenig weiterlesen könnte."

Mona sah zu Pille und Kalle und flüsterte mir zu, als sie sicher war, dass die beiden noch schliefen:

"Ok, dann lass uns leise los."

Sie stand vorsichtig auf und bückte sich, um ihren transportablen Volksempfänger hochzuheben. Dabei sah ich auf ihrer Umhängetasche ein rundes Abzeichen, welches ein durchgestrichenes Hakenkreuz zierte. Erst dieses furchtbare Lied, dann irgendwelche CDU-Nazis und nun das. Mona, so attraktiv ich sie auch fand, war ein Volksfeind, eine Hochverräterin und eine Gefahr, sollte sie mich erkennen. Wir verließen den Park und passierten die mittlerweile zum Leben erwachten Straßen. Gegenüber von dem Bahnhof, an dem ich heute Morgen noch auf Almosen hoffte, blieb Mona stehen.

"Addi, hier gibt es super Falafeln und auch einen Kaffee für einen Euro, hast Du auch Hunger?"

Jetzt wo sie es ansprach merkte ich, dass mein Magen wieder leer war und ich durchaus eine warme Mahlzeit vertragen konnte. Dann fiel mir aber meine Mittellosigkeit ein.

"Ich hätte zwar Hunger, liebe Mona, aber wie Du weißt habe ich kein Geld."

"Ich lade Dich ein, ich war gestern noch bei meinen Eltern, die haben mir was zugesteckt."

Ich nickte und lächelte. Sollte mich der Feind doch schön durchfüttern. So lange sie mir wohlgesonnen war, würde ich ab jetzt alles annehmen, was ich kriegen konnte. Wir betraten den schmalen Laden und wurden freundlich von einem Orientalen begrüßt, der hinter eine Theke mit allerlei Salat und Gemüse stand. Sonderlich sauber sah der Laden nicht gerade aus. "Wenn hier schon nicht das Rassenhygieneamt kontrolliert hatte, dann hätte ja wenigstens mal das Hygieneamt vorbeischauen können", dachte ich.

"Zwei Falafel-Döner und zwei Kaffee bitte."

"Kann alles drauf?", fragte der Orientale in gebrochenem Deutsch. Mona sah mich an.

"Ja, alles", sagte ich.

Das vegetarische Gericht schmeckte ausgezeichnet, nur die Sauce war eigentlich zu scharf für meinen empfindlichen Magen. Dazu noch der Kaffee. Mir schwante Übles. Wider Erwarten passierte jedoch nichts. Meinem Magen ging es gut, kein Sodbrennen und kein Aufstoßen. Generell fühlte ich mich gesund und frisch und auch der zuletzt so schlimme Tremor war wie weggezaubert. Wir gingen noch eine ganze Weile. Viele der wenigen Menschen, die wir passierten, besaßen ein ähnliches Gerät wie Mona. Statt geradeaus zu schauen, blickten sie den Kopf gebeugt nur auf die kleine Leinwand und so manches Mal mussten wir einem Rempler ausweichen. Der moderne *Hans Guck-in-die-Luft*. Wir kamen an eine vierspurige Straße auf der Autos über Autos mit hoher Geschwindigkeit entlang fuhren. Ohne die von uns benutzte Ampel wäre eine sichere Querung nur schwer möglich gewesen.

VON TOTEN ZECKEN

Ein rot verklinkertes Mehrfamilienhaus in einer Seitenstraße war unser Ziel. Mona schloss die Tür zum Treppenhaus auf und wir gingen in den dritten Stock. Vor einer Tür, die mit allerlei Zettelchen beklebt war und aus der dumpfe Musik zu hören war, blieben wir stehen.

"Ok, Addi, pass' auf. Zecki ist manchmal nicht ganz so einfach und steht auch nicht auf unangemeldeten Besuch. Mich mag er, insofern wird das schon in Ordnung gehen, aber wundere Dich nicht, wenn er zu Dir pampig ist."

"Verstehe." Ich nickte ihr zu, dann öffnete sie die Wohnungstür. Die Musik war vom Stil her ähnlich, aber noch schlimmer als der entartete Lärm den Mona vorhin gehört hatte. Zudem war der Gesang auf Englisch und ich konnte nur Bruchstücke verstehen. Im Flur roch es etwas säuerlich und es herrschte ein ziemliches Chaos. An den Wänden hingen Plakate mit Musikern und an der Decke eine schwarz-rote Fahne. Überall verteilt standen leere und halbvolle Bierflaschen. Links vom Flur war die Küche, die mit nicht abgewaschenem Geschirr ein noch schlimmeres Bild abgab. Direkt gegenüber stand die Tür zum schmalen Badezimmer offen, welches auf den ersten Blick nicht ganz so schlimm aussah. Wir gingen den Flur weiter bis er in das Wohnzimmer mündete. Vor einem fleckigen und durchgesessenen Sofa standen erneut mehrere Bierflaschen und Essensreste auf einem flachen Tisch. Hinter dem Sofa an der Wand war eine weitere Flagge mit einem runden Symbol auf dem etwas von antifaschistischer Aktion stand. Darunter war in großen Lettern *A.C.A.B.* an die Wand gemalt. Mit dem Rücken zu uns gewandt saß rechts vor einer größeren Leinwand offenbar Zecki. Neben der Leinwand waren zwei Lautsprecher aus denen der Lärm drang. Er hatte uns noch nicht bemerkt und tippte vor sich etwas auf einer Art flachen Schreibmaschine. Auf der Leinwand erschien ein Film. Bei genauerem Hinsehen sah ich ein barbusiges blondes Mädchen, welches offenbar mit einem Neger verkehrte. Sofort wurden Erinnerungen an die *schwarze Schmach* wach, jene afro-französischen Besatzersoldaten am Rhein Anfang der zwanziger Jahre, deren animalischen Trieben hunderte arischer Frauen zum Opfer gefallen waren. Ich besaß dazu in meiner Reichskanzlei eine Medaille von Karl Goetz, die die ganze Schande wunderbar künstlerisch darstellte. Ein weiterer, diesmal sittenwidriger Beleg, des zersetzenden Verhaltens dieser parasitären Elemente. Offenbar wollte sich Zecki zu diesem Machwerk antideutscher Propaganda befriedigen, denn er fummelte an seiner Hose herum. Zum Glück schritt Mona ein und rief laut zu ihm herüber. Erschrocken und den *Film* schnell ausschaltend schrak Zecki hoch. Auch drehte er die Musik leiser. Er hatte grüne herabhängende, mittellange Haare und trug ein fleckiges weißes T-Shirt. Insgesamt passte seine ungepflegte Erscheinung zu der Wohnung.

"M… Mona. Wer ist das denn?"

"Zecki, das ist Addi. Mach Dir keinen Kopf, der ist ganz lieb und trinkt auch nicht."

"Du weißt doch, was ich gesagt habe, ich will hier keine Fremden mehr. Hau ab, Addi!", brüllte er in meine Richtung.

"Guter Herr…", Mona unterbrach mich.

"Lass gut sein, Addi." Sie wandte sich wieder zu Zecki, ging einen Schritt auf ihn zu und strich dann über seinen Arm.

"Der ist harmlos, ich verspreche es Dir. Ich muss nur mal für ein Stündchen meinen Akku laden und dann sind wir wieder weg."

Zecki schaute immer noch wütend drein.

"Ich hab Pille und Kalle extra pennend im Park liegen lassen, jetzt komm schon. Nur ein Stündchen."

"Na schön", sagte Zecki. "Aber in einer Stunde ist zumindest er wieder weg!"

"Und wehe Du säufst hier mein Bier aus, fasst meinen Computer oder meine Anlage an!"

"Versprochen!", säuselte ich mit meinem gütigsten Lächeln.

"Setz Dich doch, Addi", sagte Mona und flüsterte Zecki dann etwas ins Ohr. Sie kramte ein Kabel aus ihrer Tasche hervor, steckte es in die Steckdose und schloss ihr Gerät daran an. Sie reichte es mir.

"Hier, Du kannst schon weiterlesen."

Dann verschwand sie mit Zecki im Badezimmer. Ich hätte nun die Gelegenheit gehabt einfach mit dem Gerät zu verschwinden, aber ich konnte und wollte mich nicht wie ein Feigling vor dem Feinde aus dem Staub machen. Ich wollte diesen Volksschädlingen eine Lektion erteilen. Leise schlich ich durch den Flur Richtung Küche. Aus dem Badezimmer drang ein leises Stöhnen. Trieb es Mona jetzt etwa mit diesem Schwein? In der Küche angekommen sah ich mich um. Widerwärtig, wie viel Unrat hier herum lag. Aber wer Chaos im Kopf hat, der fühlt sich auch nur im Chaos wohl. Ich wollte gerade eine Schublade öffnen, als ich hinter einigen gestapelten Tellern an einer Magnetleiste an der Wand das Objekt meiner Begierde sah. Ich nahm das Messer mit dem Holzgriff und der circa 15 Zentimeter langen Klinge von der Leiste. Es war spitz zulaufend, das war mir wichtig. Auch die Schärfe schien in Ordnung. Ich betrachtete die Spiegelung in der schmalen Klinge. Sie war blank. Das hier nicht *Alles für Deutschland* oder *Meine Ehre heißt Treue* eingraviert war, war ja klar. Trotzdem hätte ich es mir in dem Moment heimlich gewünscht. Ich steckte das Messer in meinen Ärmel und schlich leise zurück in das Wohnzimmer. Ich nahm das Gerät von Mona und las und tat so, als sei nichts gewesen. Die Schlacht im Kursker Bogen. Nie zuvor wurden von uns so viele Tiger Panzer eingesetzt wie dort. Aber Moment mal, was stand dort? Ein Großteil der Tiger kam auf Grund von technischen Defekten erst gar nicht zum Kampfeinsatz? Das hat mir niemand gesagt! Diese Verräter, kein einziger aufrichtiger General im gesamten Führungsstab.

Während ich mich innerlich noch aufregte öffnete sich die Badezimmertür. Mona kam alleine heraus. Ich würdigte sie jedoch keines Blickes. Auch sie sagte nichts, offenbar war ihr ihr unsittliches Verhalten selbst unangenehm. Wortlos setzte sie sich neben mich. Ich überlegte kurz, ob ich sie direkt abstechen sollte, aber das war noch zu riskant. Ich musste den genau richtigen Moment abwarten und am besten Zecki zuerst ausschalten. Dieser kam, nach ein paar Anstandsminuten auch wieder aus dem Bad und setzte sich ebenso wortlos wieder an seinen Schreibtisch.

Ich blickte auf das Gerät, las aber nicht mehr, sondern überlegte, wie ich die Operation *Kammerjäger* am besten durchführen könnte. Ich liebte es militärischen Aktionen Namen zu geben. Zur Auslöschung dieser rattenähnlichen Parasiten passte der Operationsname ganz ausgezeichnet.

"Hey Mona, kannst Du mir mal ein Bier holen?", sagte Zecki während er mit der rechten Hand wirr über den Schreibtisch fuhr. Mona verdrehte die Augen und ging in die Küche. Man hörte sie kramen bis sie schließlich rief: "Da ist kein Bier mehr, Zecki!"

"Scheiße", schimpfte das Schwein und fing an in einer Schublade zu wühlen. Mona kam zurück in das Wohnzimmer. "Hier sind fünf Euro, kannst Du was vom

Kiosk holen?" Er wedelte mit einem Geldschein. Mona nahm, sichtlich nicht einverstanden mit dem Herumkommandiert werden, wortlos das Geld und blickte zu mir: „Ich bin dann gleich wieder da, Addi. Vertragt euch solange, ja?"

Bevor ich antworten konnte war sie auch schon im Flur verschwunden und verließ die Wohnung. Ich sah herüber zu Zecki, der mich musterte.

"Was glotzt Du denn so?" Ich sah wieder auf das Gerät.

"Hey, ich rede mit Dir!", sagte Zecki nun schon lauter.

Ihn wieder anblickend sagte ich: "Ich frage mich nur, wieso ein Mädchen wie Mona mit jemandem wie Dir verkehrt."

"Mit jemandem wie mir? Pass auf was Du sagst und vergiss nicht an wessen Steckdose ihr gerade das scheiß Smartphone aufladet!"

"Wir werden ja bald wieder gehen, dann hast Du Deine Ruhe." „Er würde sogar gleich für immer ruhen", dachte ich und blickte wieder auf das *scheiß Smartphone*.

"Ein bisschen Dankbarkeit wäre jedenfalls nicht verkehrt", fuhr er mich wieder an. Ohne ihn erneut anzusehen sagte ich: "Ich glaube Mona war schon dankbar genug."

Nun sagte er nichts mehr und drehte sich wieder um, um auf die große Leinwand zu sehen. Das war meine Chance!

Wie damals in der finsteren Nacht der Kamerad Böckling im Schützengraben, mit dem Feinde nur wenige Meter entfernt, stand ich auf und schlich in Richtung Zecki. Schritt für Schritt für Schritt, bis ich direkt hinter ihm stand. Er bemerkte mich nicht, sondern war konzentriert auf die große Leinwand. Jetzt musste es schnell und mit ganzer Kraft gehen, es durfte kein Zögern geben. Ich nahm das Messer in die rechte Hand, griff mit meiner linken Zeckis Schopf und riss seinen Kopf nach hinten. Er schrie auf, doch bevor er sich losreißen konnte, zog ich die Klinge mit hartem

Druck an seinem Hals entlang. Sein Aufschrei verstummte und ein lautes Gurgeln erfüllte den Raum, als sein warmes Blut den Boden rot färbte. Während er noch einen letzten aussichtslosen Kampf um sein Leben zu ringen versuchte, hielt ich ihn weiter fest und zog den Kopf noch ein Stückchen nach hinten. Das Schwein sollte ausbluten. Es dauerte nicht lange und sein Zappeln wurde weniger, bis es schließlich ganz aufhörte und er in sich zusammen sackte.

„Mona!", dachte ich, als ich Geräusche aus dem Treppenhaus hörte. Jetzt hieß es schnell sein und trotzdem einen kühlen Kopf bewahren. Mit dem Messer in der Hand lief ich ins Badezimmer und zog die Tür hinter mir zu, just in dem Moment als Mona die Wohnungstür öffnete und den Flur betrat. Durch den schmalen Schlitz sah ich, dass sie direkt in die gegenüberliegende Küche abbog, der ideale Moment, um ihr das Messer in den Rücken zu rammen. Doch ich zögerte einen Moment zu lange und die Chance war vertan. Warum hatte ich gezögert, sie war doch nur ein Volksschädling. Lag es etwa an ihren Augen? Ich war hin und her gerissen. Wenn ein vielleicht noch junger, unerfahrener Soldat dem Feinde gegenübersteht und aus falschem Mitleid nicht sofort abdrückt, dann ist dies meist sein sicherer Tod. Ich hatte solche Feiglinge immer verachtet und nun war ich selbst nicht Manns genug, dieser Kreatur ein Ende zu setzen.

„Addi?", hörte ich Mona rufen. Keine Antwort. Besorgt ging sie aus der Küche Richtung Wohnzimmer. Ihre Schritte verstummten. Einem Moment der Stille folgte ein greller Schrei und Mona lief panisch zurück Richtung Wohnungstür. In ihrer Angst gelang es ihr erst nicht, die Tür zu öffnen. Ich schob mich etwas durch den Spalt, das Messer schon im Anschlag, als ich sie dann doch die Wohnung verlassen ließ.

Nun musste ich schnell sein, denn Mona würde sicherlich sofort die Polizei rufen. Zecki, den ich ordentlich *weggehitlert* hatte, war wohl vom Stuhl gefallen und lag nun in seinem eigenen Blut. Ich ging zu ihm herüber und griff in die Tasche, aus der er vorhin das Geld für das Bier geholt hatte. Zu meinem Erstaunen befanden sich in der Geldbörse noch um die 250,- Euro in Scheinen und weitere Dokumente, die ich später studieren würde. Ich legte sie zusammen mit Monas *scheiss Smartphone* und dem Ladekabel auf den Tisch und ging mit dem blutigen Messer in das Badezimmer, um es noch kurz zu reinigen. Im Waschbecken wischte ich das Blut unter dem warmen Wasser mit meinen Fingern ab. Dann blickte ich auf. Zum ersten Mal seit meinem *Erwachen* sah ich mir in meine stahlblauen Augen. Die Frisur war vom Schnitt her akkurat, benötigte aber zeitnah eine Wäsche, einen Kamm und Pomade. Auch eine Rasur war überfällig, aber dafür war keine Zeit. Mir fiel meine merkwürdige Kleidung auf. Ich trug eine Art langärmliges helles Hemd mit Rundkragen und Bundabschlüssen, scheinbar aus dicker Baumwolle gefertigt. Die Hose war aus dem gleichen Material und besaß nur zwei Taschen. Keine Knöpfe, keinen *Hosenstall* und auch keinen Gürtel. Fast wirkte es wie ein Sportanzug oder ein Winterschlafanzug. Auch die Schuhe hatte ich vorher noch nie in meinem Leben gesehen. Sie waren ohne Schnürsenkel, hatten eine Art aufgesetzte Lasche. Dass meine Kleidung so auffällig und einfarbig war, hatte ich zuvor, vermutlich auf Grund der vielen Eindrücke, gar nicht bemerkt. Im Flur hing eine Lederjacke mit einem großen *A* in einem Kreis auf dem Rücken und einem Aufnäher auf dem Arm, auf dem eine Figur ein Hakenkreuz in einen Mülleimer warf. Ich riss das schändliche Abzeichen mit einem kräftigen Ruck ab und warf mir die Jacke über. Das *A* war leider aufgemalt und stand mit Sicherheit für *Antideutsch* oder *Asozial*. Ich stellte mir jedoch vor, es würde ab nun für *Adolf* oder *Arisch* stehen.

Ich ging zurück ins Wohnzimmer und wollte gerade die Sachen vom Tisch nehmen, als mir darunter ein paar schwere Schnürstiefel auffielen. Ich griff mir einen und hielt die Sohle gegen die meiner merkwürdigen Schuhe. Könnte passen. Mit einem *Ratsch* öffnete ich die Lasche, die wie eine Klette den Schuh zusammengehalten hatte. Der schwere Stiefel passte, so dass ich auch den anderen schnell anzog, die Sachen griff, in die Jacke steckte und die Wohnung verließ.

HAMBURG

Als ich auf die Straße trat, hörte ich in der Ferne Sirenen. Das war sicherlich die Polizei, so dass ich mich schnellen Schrittes von dem Haus entfernte. Die Stiefel wirkten zwar deutlich solider, als die merkwürdigen Schuhe die ich zuvor getragen hatte, dafür waren sie aber doch relativ unbequem und ich bereute, sie eingetauscht zu haben. Kleidung vom Täter und die Tatwaffe, wenn ich erwischt würde, wäre mir die Todesstrafe sicher.

Die Sirenen schienen erst immer lauter zu werden, aber nachdem ich zwei Seitenstraßen weiter war und immer noch zügig ging, waren sie bald gar nicht mehr zu hören. Wie sollte es nun weitergehen? Es fing an zu dämmern und ich war ohne Bleibe und ohne Plan, was ich nun tun sollte und warum ich wieder da war. Ich fragte mich die ganze Zeit, ob es einen Grund hatte, warum ich ausgerechnet in Hamburg erwacht war. Die Stadt hatte ich das erste Mal auf Einladung des Hamburger Nationalclubs besucht, das war glaube ich im Jahre 1926. Genächtigt hatte ich damals im Hotel Phönix, das sehr zentral am Hauptbahnhof lag. Zwei Jahre später war ich dann mit meiner Halbschwester Angela und Joseph in der Stadt und dann, nach der Machtergreifung, habe ich die Stapelläufe bei der Werft Blohm und Voss bewundert. Natürlich haben wir die Ereignisse propagandistisch ausgeschlachtet, aber es war mir ein persönliches Herzensanliegen, das beeindruckende Zuwasserlassen unserer Marineschiffe mitzuerleben. Viele große Namen unserer Bewegung standen Pate:
Horst Wessel für ein wirklich sehr schönes Segelschulschiff, das KDF-Schiff Robert Ley und schließlich, als Höhepunkt, die viel zu früh versenkte Bismarck. Welch ein beeindruckendes Schlachtschiff, eines das

die Welt noch nicht gesehen hatte. Leider brachte der Hafen, den ich so sehr mochte, auch Dinge mit sich, die ich verabscheute: Prostitution. Die Reeperbahn war damals ein einziger Sünden- und Seuchenpfuhl, den wir jedoch recht schnell austrockneten. Ganz konnten wir das Geschäft mit der niederen, animalischen Lust nicht verbieten, aber am Ende unserer Maßnahmen gab es keinen einzigen Luden mehr in Hamburg und unter hundert Prostituierte in dem abgetrennten Bereich der Herbertstraße. Jede Prostituierte musste sich zwei Mal wöchentlich einer Hygienekontrolle mit Abstrich unterziehen oder sie kam ins Arbeitslager. Die schönsten und reinsten Frauen waren sowieso reserviert für die engste Führungsriege. Joseph hatte mehrere Mätressen und auch Hermann, das fette Schwein, ließ sich in seiner Phantasieuniform so manches Mal auspeitschen. Nur der Heinrich, der hatte lieber Knaben. Ich hielt mich, nachdem Horst mich verraten hatte und nach England geflogen war, lieber an das weibliche Geschlecht.

Trotzdem ich Hamburg mochte, schlug mein Herz für Berlin. Hamburg war für mich die zweitliebste Stadt am Wasser und München die schönste Stadt an den Bergen. Aber Berlin, Berlin war einzigartig. Nicht umsonst sollte es die Welthauptstadt Germania werden. Vielleicht würde sie es ja noch?

Genug der Erinnerungen. Ich war mittlerweile wieder an einer Hauptstraße angekommen. Ich sah auf das Straßenschild: *Grindelallee.*

Ausgezeichnet, nun hatte ich meine Orientierung wieder, denn Joseph Klant, der erste Gauleiter von Hamburg, hatte hier sein Zigarrengeschäft und im Hinterzimmer war unsere Hamburger Parteizentrale. Und auch wenn es damals nur ein kleiner Raum war, so wussten wir alle, dass große Zeiten vor uns liegen würden. Ich folgte der Grindelallee Richtung Dammtor Bahnhof. Zu meiner Linken passierte ich die Hamburger Universität. *Der Lehre - Der Bildung - Der Forschung.* Mir wurde warm ums Herz. Bildung war der Schlüssel zur technologischen Überlegenheit unseres Volkes. Gut gelaunt überquerte ich an einer Ampel die Straße. Der hell leuchtende Bahnhof hatte sich kaum verändert. Es herrschte reges Treiben. Ich musterte die Leute und stellte fest, dass die *Herrenrasse* in der Unterzahl zu sein schien. Neger, Orientalen, Asiaten... ein einzige Mixtur der unterschiedlichsten Völker. Ich musste unbedingt wieder mit Monas Gerät arbeiten und erfahren, was nach meinem Selbstmord in der Welt passiert war.

Das Grübeln zu unterdrücken versuchend bewunderte ich das abendliche Hamburg, welches sich in der Binnenalster spiegelte. Ich hatte mir vorgenommen nachzusehen, ob es noch das Phönix Hotel gab um dann dort die Nacht zu verbringen. Es hatte sich einiges verändert, seit ich das letzte Mal hier war, aber der Hauptbahnhof stand wie eh und je. Kein Wunder, er war schließlich eine Konstruktion aus *Deutschem Stahl.* Zeitlos. Beständig. Mir gefiel er, zum Glück hatte Kaiser Wilhelm den Erstentwurf noch abändern lassen.

Weniger schön waren die Bettler und Penner, die um das Gebäude herumlungerten und Leute belästigten. Ich hielt Abstand und ging auf die Kirchenallee zu. Schon von weitem konnte ich *Hotel Phönix* lesen. Scheinbar hatte es länger überdauert, als das Deutsche Reich. Und vielleicht war ja der Name ein gutes Omen, sollte ich der neue Phönix sein, der aus der eignen Asche emporsteigen sollte? Direkt unter dem Hotel war ein italienisches Restaurant: Vesuvio. Ob ich gleich Benito treffen würde? Es wäre schon meinen alten Weggefährten wiederzusehen. Wie sehr hatte es mich getroffen, als mich im Bunker die Nachricht erreicht hatte, dass er erhängt worden war. An einer Tankstelle. Das war zwei Tage vor meinem Selbstmord.

Ach, könnte ich die Zeit nur zurückdrehen, statt jetzt hier über siebzig Jahre später in Hamburg zu sein. Es fing an zu regnen. Ein warmer abendlicher Sommerregen. Ich blieb noch einen Moment stehen und atmete die Luft ein, dann betrat ich das Hotel. Der Eingangsbereich bestand aus einem schmalen Flur und war freundlich eingerichtet. Zu meiner linken stand ein gelbes Sofa und darüber hingen zwei Kolibri Gemälde, direkt dahinter war der Empfangstresen. Er schien nicht besetzt. Gegenüber der Rezeption hing eine Leinwand an der Wand. Ich stellte mich vor sie und lauschte:

"Hier ist das Erste Deutsche Fernsehen mit der Tagesschau".

Faszinierend, das Bild war gestochen scharf und in Farbe. Gerne hatte ich auf dem Obersalzberg Filme gesehen, aber das war ein Kino. Diese kleinen Leinwände schienen jetzt viel weiter verbreitet zu sein. Ein Kino-Volksempfänger. Das perfekte Propagandamittel. Es kam ein Bericht über einen Terroranschlag in England, zu dem sich der IS bekannt habe. Dann ging es um Esken und Walter-Borjans, das neu gewählte Führungsduo der SPD. Die Nachrichtensprecherin kommentierte:

"Bundeskanzlerin Merkel äußerte sich nicht..."

Was? Kanzlerin? Eine Frau an der Spitze des Staates? Als ich mich gerade aufregen wollte über diesen offensichtlichen Wahnsinn verstummte die Leinwand.

"Kann ich helfen?" Ich drehte mich um. Eine dunkelhaarige, verbraucht wirkende Frau mit dunklen Augen und den passenden Ringen darunter sah mich an.

„Die wäre bei der Kopfvermessung garantiert durchgefallen", dachte ich.

"Ich hätte gerne ein Zimmer für die Nacht."

"Zahlen Sie mit Kreditkarte oder in bar?"

"In bar", erwiderte ich.

Die Frau legte mir ein Formular auf den Tisch. "Bitte einmal ausfüllen." Name und Anschrift wurden verlangt. Ich überlegte kurz und trug dann als Namen *Friedrich Meier* und als Adresse *Unter den Linden 38 in Berlin* ein. Dann unterschrieb ich unleserlich und schob ihr den Zettel wieder hin. Sie sah kurz drauf, murmelte etwas von wegen "nicht mal Postleitzahl und Datum" und legte ihn dann in ein Ablagefach. Sie musterte mich, schaute ein wenig skeptisch und sagte dann: "Das macht dann 49,- Euro und Ihren Ausweis würde ich auch gerne einmal sehen."

Mir lief ein Schauer über den Rücken.

"Meinen Ausweis?", fragte ich.

"Na ja, normalerweise zahlt man ja auch erst beim Check-Out, aber wir hatten hier schon öfter Punker, die entweder die Zeche geprellt oder das Zimmer demoliert haben. Ich hätte daher gerne das Geld vorab und als Sicherheit Ihren Ausweis oder eine Kreditkarte." Sie blickte mich an. "Sie sind doch Punker, oder, Herr Meier?"

Am liebsten hätte ich ihr ins Gesicht geschrien, dass ich ein Nationalsozialist, ein aufrechter und ordentlicher Deutscher sei, der weder Zechen prellt noch Mobiliar beschädigt. Andererseits konnte ich verstehen, dass ich in der Montur von Zecki nicht den vertrauenswürdigsten Eindruck machte.

"Gnädige Frau, Sie haben ja zu Recht erkannt, dass ich mich momentan in einer misslichen Lage befinde. Gerne zahle ich das Zimmer vorab und ich versichere Ihnen, dass ich nichts weiter möchte als eine heiße Dusche und ein warmes Bett für die Nacht. Nichts läge mir ferner, als mich an Ihrem Hab und Gut zu vergreifen. Nur kann ich momentan leider weder mit einem Ausweis, noch mit einer Kreditkarte dienen."

Ich sah sie so an, wie Blondie den fetten Hermann ansah, wenn der wieder Blutwurst auf seiner Stulle hatte. Sie schien zu überlegen.

Ich kramte das Portemonnaie von Zecki aus der Lederjacke hervor und legte ihr daraus einen 50 Euro Schein auf den Tisch. Die Frau blickte auf den Schein, dann sah sie mich an und zog die Augenbrauen hoch.

Ich schaute in die Geldbörse und zog noch einen 20 Euro Schein heraus und legte ihn zu dem 50 Euro Schein: "Für Ihre Mühen."

Ich weiß nicht, ob es das üppige *Trinkgeld* war oder ob sie anfing mir zu glauben, aber sie sagte schließlich: "Also schön" und griff links an eine Wand. Dann hielt sie mir einen Schlüssel vor die Nase.

"Zimmer 11. Die Treppe rauf und dann links. Check-Out bitte bis 10 Uhr. Frühstück haben wir nicht, aber am Bahnhof gibt es genug. Das W-Lan Passwort liegt in der Gästemappe auf dem Zimmer."

Viel hatte sich im oberen Bereich des Hotels nicht verändert. Über knarrende Dielen erreichte ich mein Zimmer. Eine Mischung aus Zitrone und Mief stieg mir in die Nase. Das Zimmer war recht klein, aber durchaus ausreichend für eine Nacht. Ich ging zu dem einzigen Fenster hinter dem Bett und blickte einen Moment lang auf den Vorplatz des Hauptbahnhofs. Dann entkleidete ich mich, ging ins Bad und nahm eine heiße Dusche. Ein herrliches Gefühl. Ich reduzierte den Wasserstrahl ein wenig und blieb noch eine Weile unter dem wärmenden Nass stehen. Dann trocknete ich mich ab und wollte mir gerade die Zähne putzen, bis ich realisierte, dass weder Zahnbürste noch Zahnpasta zur Verfügung standen. Ich hatte nicht den Eindruck, als hätte ein Anruf bei der Hotelleitung an diesem Zustand etwas ändern können. Und um selber diese essentiellen Utensilien zu besorgen, dafür war ich nun doch zu ausgelaugt. Es lag schließlich ein langer und aufreibender Tag hinter mir. Erschöpft legte ich mich ins Bett. Mit Monas Smartphone würde ich mich morgen weiter auseinandersetzen.

Als ich gerade die Augen schließen wollte fiel mir auf dem Nachtschrank ein eckiges Gerät mit diversen Knöpfen auf. Ich nahm es in die Hand und betrachtete es. Ich drückte den großen roten Knopf in der oberen Ecke und plötzlich ging auf dem Schrank an der Zimmerwand, direkt gegenüber vom Kopfende, eine Leinwand-Apparatur an. Es lief augenscheinlich eine Sendung die sich *Galileo TV* nannte und ziemlich populärwissenschaftlich daher kam. Ich wollte das Gerät gerade wieder ausschalten, als der Moderator einen Beitrag über einen Nazigoldzug in Polen ankündigte. Gebannt sah ich mir den Beitrag an. Angeblich hätten polnische Schatzsucher eine heiße Spur für einen Zugwaggon voller Nazigold. Diese ahnungslosen Amateure. Der allergrößte Goldbestand wurde auf meinen Befehl hin von den treuesten Kameraden bereits Monate bevor irgendein Feind vor Berlin stand versteckt. Und zwar so gut versteckt, dass nur ich wusste, wo er sich befand. Alle Mitwisser kamen leider in sehr tragischen Unfällen ums Leben. Ich schaltete das Gerät aus und schloss die Augen. Das Gold war mitten in Berlin, mit ihm könnte ich die Bewegung wieder aufleben lassen. Ich wusste nun also wohin. Dann schlief ich ein.

Ich sitze in einer schäbigen Kammer und bin dabei ein Aquarell zu malen. Das Motiv ist nicht etwa meinem Hirn entsprungen, nein, es ist das profane Kopieren einer Ansichtskarte vom Wiener Parlament. Ich arbeite wie ein besessener, aber es gelingt mir einfach nicht, das verdammte Gebäude auf das Papier zu bringen. Mal passen die Farben nicht, mal ist es die Form. Immer wieder fange ich auf einem frischen Blatt von neuem an. Stunden vergehen und langsam fängt der Pinsel zwischen meinen Fingern an zu schmerzen. Plötzlich merke ich, dass Reinhold hinter mir steht. Erschrocken drehe ich mich um. Sein Blick ist leer, drohend hält er seinen Stiefel hoch, die Sohle zu mir gerichtet. Er spricht nicht, aber ich weiß, dass er auf das Bild wartet, um es zu verkaufen. Ich muss schneller arbeiten, sammle mich, richte all meine Kraft und Konzentration auf mein Werk aus. Und tatsächlich, jetzt läuft es. Ich male, so wie ich es damals an der Kunstakademie hätte tun müssen. Es ist keine Kopie mehr, es ist viel besser.

DER JÄGER

Es war kurz nach 21 Uhr, als bei Kommissar Schneider das Telefon klingelte. Genervt stellte er den Ton seines *65 Zoll 4k* Fernsehers auf stumm.
"Schneider?"
"Günzel hier, haben einen Mordfall in der Mathildenstraße 5."
"Alles klar."
Schneider machte seinen Hosenstall wieder zu und starrte noch einige Sekunden auf den lautlosen Bildschirm. Er hatte immer noch eine Wut im Bauch, obwohl die Trennung von seiner Frau jetzt schon 14 Monate her war. Wie konnte sie ihn nur verlassen, so kurz vor seiner Pensionierung? Sie wollten doch dann mit dem Wohnmobil, welches er an vielen Feierabenden so liebevoll aufbereitet hatte, Europa bereisen. Das Wohnmobil hatte er seit der Trennung nicht mehr betreten, dafür schaute er mehr Serien. Für sämtliche Streamingdienste hatte er einen Account: Sky, Amazon Prime, Netflix und Maxdome.
Vor kurzem hatte er Game of Thrones angefangen und da war *sie* ihm aufgefallen. Die Konkubine von Tyrion Lannister. Sie kam ihm bekannt vor und nun sah er sie wieder auf seinem Bildschirm. Wieder beim Sex, nur diesmal echter, harter Sex. Vor ihrem Durchbruch hatte sie nämlich in Pornofilmen mitgespielt. Ihm gefielen ihre kleinen, straffen Brüste.

Den Fernseher stellte er aus, leerte sein Whiskyglas und schnallte sich seinen Holster um. Die Pistole lag vor ihm auf dem Tisch. Gestern Abend hatte er sich den Lauf seiner Walther P99 in den Mund gesteckt. Er war kalt und schmeckte nach Ballistol. Obwohl er eine halbe Flasche Whisky intus hatte, war er wieder zu feige abzudrücken. Die Feigheit wich wieder schnell der Wut, warum sollte er wegen ihr jetzt alles beenden?

Wenn, dann müsste sie leiden! Sie hatte alles weggeworfen. Da ist kein neuer, hatte sie damals gesagt, aber er hatte sie eine Weile observiert und den neuen gesehen. Ein gediegener älterer Herr mit albernem Sonnenhut, Schnauzer und Hornbrille. Typ: Intellektuelle Leseratte mit einer Vorliebe für Café-Besuche, Rotwein und die Provence, weil er als Nebenfach Französisch studiert hatte. Da konnte er natürlich nicht mithalten. Er war nicht dumm, aber er ging lieber ins Stadion als ins Museum und mit Rotwein konnte man ihn jagen. Ein frisches Pils und ein Actionfilm, das reichte ihm.

Mit der Pistole im Halfter verließ er das Haus. Er setzte das Blaulicht mit dem Magneten auf das Dach seiner schwarzen Audi Limousine und brauste los. Wie so oft fuhr er schneller und riskanter als nötig, aber es machte ihm Spaß. Als es an einer Kreuzung fast krachte, lachte er krank und trat noch mehr aufs Gas. Der Bereich vor dem Mehrfamilienhaus war bereits abgesperrt und mehrere Peterwagen standen davor. Schneider kam mit quietschenden Reifen vor der Absperrung zum Stehen. Mit zwei Fisherman's Friend im Mund ging er an einigen Uniformierten das Treppenhaus hinauf. Günzel stand in der Tür von Zeckis Wohnung und war sichtlich erleichtert, als er Schneider sah. Er reichte ihm ein paar Überzieher und Einweghandschuhe.

"Was haben wir hier, Günzel?"

"Ein männliches Opfer, Mitte dreißig. Vermutlich der Wohnungsbesitzer Martin Zellner, das wird gerade geprüft. Aller Voraussicht nach wurde ihm mit einem Messer die Kehle durchgeschnitten." Günzel wies Schneider den Weg in das Wohnzimmer, als sein Handy klingelte. "Günzel? Aha, ja. Mmh. Ok."

Während Günzel neue Informationen erhielt, blickte sich Schneider im Wohnzimmer um. "Was ein Punker-Drecksloch", dachte er sich und schritt dann zu dem leblosen Körper, der gerade fotografiert wurde. Er musste ein Stück seitlich an der Leiche vorbei, denn eine große Blutlache hatte sich, schon leicht angetrocknet, um Zeckis Kopf gebildet. Schneider sah sich die Schnittwunde am Hals an, schaute dann herauf zum Stuhl und zum Schreibtisch. "Der ist jetzt halal, richtig schön ausgeblutet... das war kein Amateur", dachte sich Schneider und verharrte einen Moment.

"Kommissar Schneider?" Günzel riss ihn aus seinen Gedanken.

"Was?"

"Ich habe gerade die Rückmeldung von der Personenüberprüfung. Einer der Streifenpolizisten war sich bereits ziemlich sicher und anhand der Tattoos konnten wir es jetzt bestätigen. Es handelt sich um Martin Zellner, 32 Jahre alt, arbeitslos. War früher wohl öfters mal zu Gast bei uns in der Ausnüchterungszelle und wegen kleinerer Drogendelikte aufgefallen. Ansonsten eher unscheinbar, Verbindungen in die Punkerszene ohne nennenswerte linksextremistische Aktivitäten, eher der *Kein-Bock-auf-Arbeit* Trinker."

"Was für Drogen?"

"Nur Marihuana."

"Seltsam, in der Szene sticht man sich zwar auch mal im Suff an, aber dann eher in den Oberkörper und nicht so ein sauberer Kehlenschnitt. Mein erster Gedanke wäre eine eifersüchtige Freundin, die Schlachterin ist. Lebte er alleine hier?"

"Nach bisherigen Informationen ja. Keine feste Partnerin. Den Nachbarn zu Folge ab und zu laute Parties mit viel Alkohol und ein paar anderen Punks."

"Mmh. Tatwaffe, sonstige Auffälligkeiten?"

"Kein Messer mit Blutspuren, wir sacken natürlich trotzdem alles ein. Ansonsten konnten wir bisher kein Portemonnaie, Ausweis oder Ähnliches finden, aber das muss ja nichts heißen. Ach ja, hier, *Nummer 4*, das Paar Schuhe dort neben dem Stubentisch, die fallen etwas aus der Reihe."

"Wie meinen Sie das?"

"Na ja, der Herr Zellner hat sonst nur Doc Martens und Chucks hier rumstehen, die meisten davon auch noch angemalt, aber die Schuhe sind makellos und haben Klettverschluss."

"Klettverschluss?" Schneider ging zu den Schuhen neben dem ein kleines gelbes Täfelchen mit einer schwarzen Vier stand.

"Tatsache. Vielleicht ja der letzte Schrei? Lassen Sie mal auf dem Revier Tanja Benz draufsehen, mit etwas Glück weiß die mehr darüber."

"Alles klar."

FEELING FRESH

Die Nacht verging ohne weiteren Traum. Vielleicht fühlte ich mich deshalb fit und erholt, wie seit langem nicht. Druckvoll und ohne Probleme floss der erste Morgenurin. Einzig der üble Geschmack im Mund missfiel mir. Ich zog mich rasch an und ging hinunter an die Rezeption. Es war kurz vor Sechs und niemand zugegen. Auf der Straße erfuhr ich von einem Passanten, dass in der Wandelhalle im Hauptbahnhof die Geschäft bereits geöffnet hätten und ich bei *Rossmann* oder *Budni* wohl Zahnbürste und Pasta erhalten würde.

Geneckt von den ersten Sonnenstrahlen überquerte ich die Straße und ging auf das Gebäude zu. Kurz vor dem Eingang vernahm ich einen beißenden Uringeruch, der aber bald dem Duft frischer Brötchen und dem von Kaffee wich. Unglaubliche Mengen an Backwaren lagen in den Auslagen der verschiedenen Händler, ein einziges Frühstücksparadies. Ich sah mich um und entdeckte auf der Etage über mir das *Rossmann* Geschäft. Auch hier erschlug mich die bloße Menge an Waren. Schwer vorstellbar, dass es für all die Dinge eine entsprechende Nachfrage gab. Ich ging die Gänge entlang und sog die Eindrücke in mich auf. Statt eines ordentlichen Stückes Kernseife gab es fünfzig verschiedene *Duschgels*, auf die wiederum fünfzig verschiedene *Shampoos* folgten. Dann kamen die Seifen, die meisten davon flüssig, aber auch einige Seifenblöcke. Ich nahm eine Lavendelseife in die Hand und roch an ihr. Herrlich! Sicherlich hätte es noch einige Dinge zu entdecken gegeben, aber ich wollte nicht dem Konsum fröhnen, sondern war Feuer und Flamme für Berlin. Mit dem Gold würde ich genug Kapital haben, um die Bewegung wiederaufleben zu lassen. Und nur ich wusste, wo es war.

Plötzlich stand ich vor den Zahnbürsten und den Zahnpastas. Auch hier wieder eine Auswahl, die kein Mensch braucht. *Weich, Mittelhart, Hart*. Die Wahl der Bürste fiel mir leicht: *Hart* natürlich. Genauso wie es die deutsche Jugend einst sein sollte:
"Rank und schlank, flink wie Windhunde, zäh wie Leder und hart wie Kruppstahl."
Bei der Pasta wählte ich ein preiswertes Exemplar. Dann fiel mir doch noch etwas ein: Pommade! Und ein Kamm! Und ein Rasierer! Auch eine Nagelschere käme mir zu Pass. Ok, ich musste mich zusammenreißen. Am Kopf einer Regalreihe räumte eine Frau mit weißem Kittel Waren ein.
"Entschuldigen Sie, gnädige Frau, ich bin etwas in Eile und kenne mich in Ihrem Geschäft nicht so gut aus. Könnten Sie mir bitte einmal helfen."
Etwas verdutzt sah mich die Frau an.
"Was suchen Sie denn?"
"Ich benötige Pommade, einen Kamm, einen Rasierer und eine Nagelschere."
"Pommade? Haben wir nicht, nur Gel und Wachs. Die sind im nächsten Gang rechts. Kämme sind zwei Gänge weiter auf der linken Seite, Rasierer sind an der Kasse oder wollen Sie einen Elektrorasierer? Und was war das Letzte?"
"Eine Nagelschere."
"Ach ja, die sind direkt hinter den Kämmen, da sind auch die Elektrorasierer."
Die Frau drehte sich anstandslos wieder um und packte weiter. *Servicewüste Deutsches Reich* dachte ich, 1939 wäre das nicht passiert. Aber nun gut, nächster Gang rechts. Diverse Tuben Gel und Dosen Wachs erwarteten mich. *Ultra Strong, Night Party, Surfer Style, Out of Bed...* Englische Warenbezeichnungen schienen verdammt *In* zu sein. Ich nahm die *Out of Bed*-Tube, schließlich war ich gerade aufgestanden, insofern passte das ganz gut. Zwei Gänge weiter griff ich mir

einen Standardkamm und eine Nagelschere. Dann stand ich vor den Elektrorasierern. "Nass und trocken". Für unterwegs sicherlich keine schlechte Sache, aber ab 29,- EUR aufwärts. Das war mir dann doch zu teuer. Ich brauchte ja schließlich auch noch Geld um nach Berlin zu kommen. Mit den Waren in der Hand ging ich zur Kasse und zahlte die knapp 12,- Euro bar.

Die Treppe hinabsteigend übermannte mich dann doch der Hunger und ich kaufte noch eine Brezel. Mittlerweile war es richtig voll im Bahnhof und ich war froh, als ich wieder in der Lobby des Hotels war. Die Rezeption war nach wie vor nicht besetzt, allerdings lief jetzt wieder etwas auf der Leinwand. Börsennachrichten. Im Vorbeigehen hörte ich, dass der Kurs für die Feinunze Gold bei 1.042,36 EUR lag. Überschlägig rechnete ich: Ein Kilo Gold sind ungefähr 33 Unzen. Alleine im kleinen Goldversteck lagerten zwei Tonnen Gold, vom großen Versteck ganz zu schweigen. Zwei Tonnen sind zweitausend Kilo sind... ratter, ratter. Alleine die zwei Tonnen waren um und bei 71.346.315 Euro wert. Wahnsinn.

Im Zimmer angekommen legte ich die Hygieneartikel sorgsam zurecht und putzte mir die Zähne. Die Zahnpasta schmeckte chemisch, aber nicht unangenehm. Dann entkleidete ich mich und nahm eine ausgiebige Dusche. Nach der Dusche stellte ich mich vor den Spiegel, schäumte etwas Seife auf und rieb mir damit den unteren Teil meines Gesichts ein. Ich setzte den Rasierer an und rasierte mich so wie ich es immer tat. Es kam mir dann aber doch riskant vor, mit meiner üblichen Barttracht die Fahrt nach Berlin anzutreten, da sie immerhin recht speziell und nicht allzu häufig war. Kurzerhand rasierte ich also auch meine *Rotzbremse* ab, spülte die Seifenreste weg und fühlte über mein Kinn. Glatt wie ein Baby-Popo. Gut sah ich aus. Als nächstes schnitt ich mir Finger- und Zehennägel. Wie immer sehr kurz, es war nichts weißes vom Nagel mehr zu erkennen. Mittlerweile waren meine Haare auch so weit getrocknet, dass ich sie mit dem *Out of bed* Gel bearbeiten konnte. Das Mittel war gallertartig und nicht so fettig wie Pommade, die Verarbeitung war ausgezeichnet und ich zog mir einen Scheitel wie schon lange nicht mehr.

WIE EIN WILDES TIER

Die Frisur wurde hart und ich bemerkte, dass sie nicht das einzige Harte war. Eine Spontanerektion. Verdutzt starrte ich auf mein Glied. Was sollte ich nun tun? Hand anlegen wie ein Bub? Wäre doch Eva hier oder... Mona. Plötzlich waren Berlin und das Gold in weite Ferne gerückt, ich brauchte jetzt eine Frau und zwar möglichst schnell. Böse Gedanken an so manche Orgie auf dem Berghof kamen in mir auf, Gedanken die meine Erregung ins Unermessliche zu steigern schienen. Da war er wieder, der verdammte Trieb.
Derselbe Trieb der mich zuweilen sogar Frontbesprechungen mit der Generalität hatte schwänzen lassen. Unruhig ging ich im Zimmer auf und ab. Freudenhäuser gab es in Hamburg zur Genüge, aber um mir all meine Wünsche zu erfüllen, dafür reichte mein Geld sicher nicht aus.
Zur Ablenkung fing ich an meine wenigen Sachen zu packen. Die Hygieneartikel packte ich wieder in den Kunststoffbeutel, den ich bei *Rossmann* erhalten hatte. Das Portemonnaie nahm ich vom Nachtschrank und steckte es in die Innentasche der an der Garderobe hängenden Lederjacke. Als ich diese gerade anziehen wollte, hörte ich draußen auf dem Flur Schritte. Ich öffnete die Tür einen Spalt und sah eine etwa vierzig Jahre alte, schlanke Frau mit dunkelblonder Kurzhaarfrisur den Gang entlang auf mich zu gehen. Sie trug eine Art blauen Kittel. Ich starrte sie an. Meine Atmung wurde schneller. War dies meine Gelegenheit? Sollte ich sie einfach in das Zimmer ziehen und mir nehmen, was ich brauchte? Nein, nein, das ging nicht. Dass sie anfing zu schreien, konnte ich nicht riskieren, viel zu gefährlich. Die Frau wurde langsamer, sah mich skeptisch an und fragte schließlich mit hartem Akzent: „Was los ist?" Blitzschnell musste ich reagieren.

„Sind Sie der Zimmerservice?"

„Ja, aber erst um zehn ich fange an mit Raum."

Ich betrachtete sie genauer. Ihr Akzent und auch ihre Gesichtszüge verrieten ihre Herkunft eindeutig, sie musste aus dem slawischen Raum stammen.

„Woher kommen Sie, wenn ich fragen darf?" Ich setzte mein freundlichstes Gesicht auf und lächelte leicht.

„Ich komme aus Russland."

„Ja, das dachte ich mir. Man sagt ja, dass Russland die schönsten Frauen hat." Verlegen blickte sie nach unten.

„Und woher genau kommen Sie?"

„Aus Wjasma."

Wjasma! Sofort schoss mir die Operation Taifun in den Kopf, unsere Spätsommer-Offensive 1941 bei Wjasma und Brjansk auf dem Weg nach Moskau. Im Kessel von Wjasma hatten wir den Russen eine der größten Niederlagen zugefügt, allerdings blieb uns der große Triumph, also die Einnahme Moskaus, durch die Rasputiza verwehrt.

„Ah, ja, da waren Freunde von mir auch mal. Sagen Sie... äh... ."

„Lidija"

„Sagen Sie, Lidija, ich will mich wirklich nicht beschweren, aber in meinem Badezimmer die Dusche, die müsste dringend einmal gereinigt werden. Die wurde wohl beim letzten Service vergessen. Könnten Sie da eventuell einmal schauen? Das wäre wirklich sehr nett von Ihnen."

„Aber naturlich. Ich hole nur meine Putzsachen."

„Wunderbar." Ich lächelte sie an und schloss die Tür.

Mein Puls raste, nun musste es schnell gehen. Ich griff mir die Zahnpasta aus der Tüte, lief ins Bad und schmierte etwas auf die Duscharmatur. Dann holte ich das Messer, welches ich unter das Kopfkissen gelegt hatte, und platzierte es unter der Broschüre auf dem Schrank neben der Badezimmertür. Dann blickte ich mich um. Ich musste Lidija möglichst geräuscharm kampfunfähig machen, wobei ich sie jedoch nicht wie Zecki gleich ausbluten lassen wollte. Das Messer sollte daher nicht zum Einsatz kommen. Ich musste sie bewusstlos schlagen und es musste gleich beim ersten Mal klappen. Ich blickte mich im Zimmer um. Der Schirmständer unter der Garderobe war zu klobig, der Mülleimer unter dem Schreibtisch aus Plastik und somit zu leicht. Mit den bloßen Händen zuzuschlagen war mir zu unsicher. Mir lief die Zeit davon. Ein massiver Briefbeschwerer, so wie der vom Schreibtisch in meiner Reichskanzlei, das wäre genau das richtige, doch so etwas gab es hier nicht. Es gab nicht einmal eine Vase, was für eine Kaschemme. Dann klopfte es an der Tür. „Verdammt", dachte ich, blickte mich ein letztes Mal um und öffnete.

Lidija lächelte. „Die Dusche?"

„Ja, ja, die Dusche", sagte ich und winkte sie herein. Sie fuhr ihr Putzwägelchen in die Mitte des Raumes, ging ins Bad und inspizierte die Dusche. Kurz darauf kam sie wieder, nahm einen Lappen und eine Sprühflasche Putzmittel und ging zurück ins Bad.

„Das haben wir gleich."

Derweil schaute ich mir den Putzwagen genauer an. Einen Totschlägerersatz fand ich nicht, jedoch einen großen Müllsack aus Kunststoff. Ersticken könnte ich sie damit. Der Gedanke erregte mich noch mehr. Dann ging es mit mir durch. Scheißegal, volles Risiko, dachte ich und ging mit festem Schritt ins Bad. Lidija stand leicht in die Dusche gebeugt und putze gerade die schadhafte Stelle, als ich ihr mit kräftigem Schwung einen Tritt ins Kreuz verpasste. Sie sah wohl noch ganz kurz meine Spiegelung in der verchromten Armatur, denn sie schien kurz aufzuschrecken, bevor ihr Kopf mit voller Wucht gegen die Kacheln der Duschwand prallte. Dabei machte ihr Hals ein Geräusch, das mich schaudern ließ. Wenn sie nicht tot war, dann mindestens gelähmt dachte ich. Aus einer großen Platzwunde an der Stirn waberte sehr viel Blut in die Dusche. An den Fliesen war hingegen nur ein winziger Fleck, genau an der Stelle, wo ihr Kopf gegen die Wand schlug. Nicht einmal ein Riss war zu sehen. Nun wuchs ihr an der Wunde auch noch eine große Beule. Ich nahm die Brause und spülte ihren Kopf einige Sekunden mit kaltem Wasser ab. Die Blutung wurde etwas schwächer. Ab und zu vernahm ich einen flachen Seufzer von ihr. Ich ging hinüber zur Toilette und rollte mir mehrere Lagen Klopapier um die Hand. Dann ging ich zurück und presste damit auf die Wunde. Ich wollte die Blutung zum Stoppen bringen. Nach einer gefühlten Ewigkeit entfernte ich meine Hand. Kleine Reste des Papiers blieben an der Wunde kleben, die nun zu meiner Freude tatsächlich kein neues Blut mehr absonderte.

„Nun gehörst Du mir", dachte ich und zog Lidija an den Füßen herüber ins Hauptzimmer. Sie war nicht sonderlich schwer, so dass es mir leicht fiel, sie auf das Bett zu hieven. Meine Hände zitterten, als ich anfing, sie zu entkleiden. Unter dem blauen Kittel trug sie eine schlichte Bluse die entweder vergilbt oder elfenbeinfarben war. Durch das Zittern fiel es mir schwer, die einzelnen Knöpfe zu öffnen, so dass ich geschwind das Messer holte und einen Knopf nach dem nächsten abschnitt. Das Messer würde ich später sowieso noch gebrauchen können. Unter der Bluse waren ihre kleinen Brüste in ein Spitzenbustier verpackt. Auf dem flachen Bauch war eine Kaiserschnittnarbe zu sehen. Sie war also eine Mutter. Doch das hielt mich nicht ab, im Gegenteil. Ich vergalt hier doch nur das millionenfache Leid, dass all den deutschen Frauen widerfahren ist, als die roten Horden immer weiter gen Reich vorrückten und dabei nichts als Not und Verderben mit sich brachten. Warum sollte ich jetzt also Mitleid mit dieser Frau haben, wenn in Masuren und sonst wo Mütter vor den Augen der eigenen

Kinder erst vergewaltigt und dann zum Sterben an Scheunentore genagelt worden waren?

Die Wut stieg in mir auf und wandelte sich weiter in Geilheit. Es war kaum auszuhalten, dieser unglaubliche Druck, dieses Kribbeln im Unterleib. Fast grunzend riss ich Lidija die Hose vom Leib, dann die Unterhose. Als ich mir dann meine eigene Hose herunterzog, passierte es: der straffe Gummibund strich so über meine Eichel, dass ich sofort kam. Die ganze Unterhose war voll mit Sperma und mir wurde schwarz vor Augen. Schnell kniete ich mich hin und atmete durch. Mit einem Schlag war die Erregung verflogen und ich fühlte mich wie ein Versager. Was hatte ich alles mit der wehrlosen Fotze anfangen wollen? Und nun? Ich hasste mich für meine Schwäche. Verzweifelt fing ich an, meinen Penis zu reiben. Erst langsam, dann immer schneller und schneller, so lange bis er schließlich krebsrot, fast wund war und wehtat. Es war nichts zu machen, der Druck war zu groß beziehungsweise es war gar kein Druck mehr da. Langsam setzte wieder das rationale Denken ein. Lidija war vom Objekt der Begierde zum Problem geworden.

Plötzlich hörte ich neben mir ein lautes Stöhnen und es kam Bewegung auf. Lidija schien langsam wieder zu Bewusstsein zu kommen. Ganz schön zäh, die kleine Russin. Ich schielte hinüber zu dem Müllsack auf dem Putzwagen, entschied mich dann doch für das Messer.

Ich stellte mich auf, nahm es fest in beide Hände und rammte es mit aller Kraft in Lidijas Brustkorb. Sie drückte das Kreuz durch, streckte den Kopf in den Nacken und stieß einen schwachen Schrei aus. Ich zog das Messer aus ihrem Körper und stieß erneut zu. Und wieder und wieder. Der Körper zuckte bei jedem Stich, überall hin spritzte das warme Blut und doch war sie nun tot. Ich wurde schneller, stieß härter und tiefer in sie hinein, so wie ich es eigentlich mit meinem Schwanz hatte tun wollen.

Ich fing nun an selbst zu schreien und immer weiter zuzustechen: „Aaaaaaahhhhhhh!"

Erschöpft ließ ich von ihr ab.

Was für eine Sauerei. Zum Glück war ich sehr eng am Bett gestanden und hatte die Hose noch heruntergezogen, so dass mich das Blut nur auf Oberschenkeln, Unterhose und leicht am unteren Rand meines Oberteils getroffen hatte. Ich trat einige Schritte vom Bett weg und entkleidete mich. Die Blutflecken versuchte ich mit heißem Wasser so gut es ging zu entfernen, anschließend legte ich die Sachen zum Trocknen über eine Stuhllehne. Ich spülte gerade das Messer im Waschbecken ab, als ich im Badezimmerspiegel einen Tropfen Blut direkt auf meiner Wange sah. Ich wusch mir schnell das Gesicht und die Achseln, da ich sehr geschwitzt hatte. Zu meinem Erstaunen hielt der Scheitel immer noch perfekt. Dieses *Out of bed* Zeug war wahrlich fantastisch.

Auf der Leinwand, die noch an der Steckdose hing, sah ich nach der Uhrzeit. Erst kurz vor acht. Ich hatte also noch etwas Zeit. Ob man Lidija vermissen würde? Selbst wenn, die Hotelleitung würde ja nicht anfangen gleich die Zimmer nach ihr zu durchkämmen, sondern eher mit unentschuldigtem Fehlen rechnen. Die Soldaten der roten Armee konnten ja auch oft nur mit Waffengewalt zum Sturm auf die deutschen Linien, sprich zur Arbeit bewegt werden. Ich durchsuchte also in aller Ruhe den Putzwagen und Lidija's Sachen, doch bis auf ein kleines Schlüsselbund und einen 10-Euro-Schein in der Gesäßtasche war hier nichts zu holen. Ich steckte das Geld ein, das Schlüsselbund schob ich ihr tief in die Scheide. Ich war versucht sie mit dem Bettlaken zuzudecken und mit ihrem Blut ein Hakenkreuz darauf zu schmieren, ließ letzteres jedoch bleiben. Stattdessen zog ich mir die mittlerweile halbwegs getrockneten Klamotten wieder an, packte mein Tütchen, steckte das Smartphone samt Ladegerät in die Innentasche der Lederjacke. Das Messer stecke ich mir mit der Klinge nach innen in den Armbund der Jacke. Ich verließ das Zimmer, verriegelte es von außen und brach dann den Schlüssel im Schloss ab. Das sollte mir noch etwas Zeit verschaffen. Den Anhänger legte ich im Vorbeigehen auf den Rezeptionstisch.

"Wollen Sie auschecken?"

Wortlos verließ ich das Hotel und ging nun zügigen Schrittes zum Bahnhof. In der Halle stand ich vor einer großen Anzeige. Frankfurt, Hannover, Lübeck... ah, Berlin. Abfahrt schon in 17 Minuten, Ankunft 10.19 Uhr. Am Schalter der *Deutschen Bahn* erwartete mich ein dicklicher, blasser Mann mit roter Mütze.

"Eine Fahrkarte nach Berlin bitte."

"Welche Bahn wollen Sie denn nehmen?"

"Die Reichs... äh, den Zug der um 8.36 Uhr abfährt."

"Der *ICE 1509*, einen Moment."

Der Mann tippte in seine Tastatur.

"Mit Sitzplatzreservierung?"

"Selbstverständlich mit Sitzplatz, wir sind hier ja wohl nicht in Indien", fuhr ich ihn an.

Stoisch antwortete er mir: "Das sind dann 49,90 Euro für das Ticket plus 4,50 Euro für die Sitzplatzreservierung, ergo 54,40 Euro."

"Ergo", dachte ich. Schön lateinische Wörter raus hauen, bevor man eine triviale Rechenaufgabe löst. Die Gelegenheit Horaz zu zitieren:

"Dulce et decorum est pro patria mori", sagte ich, und legte ihm 60,- Euro auf den Tisch. Das hatte ihn wohl sprachlos gemacht und so gab er mir schweigend das Ticket und mein Wechselgeld. Sodann begab ich mich zum Gleis. Einem Ameisenhaufen gleich wuselten hunderte, wenn nicht tausende Menschen durch den Bahnhof. Ich stellte mir vor, sie seien uniformiert und warteten in Reih und Glied auf den Transport an die Ostfront. Kurz bevor die Züge einfahren sollten, würde ich hinter der Balustrade erscheinen: Es spricht der

Führer. Die Soldaten würden hinaufsehen, mich erkennen und in Jubel ausbrechen. Begeistert führen sie in
Richtung Tod.

ERSTE VERHÖRE

Es war gegen 7.30 Uhr als zwei Streifenbeamte Peter *Pille* Carstens und Karl *Kalle* Baumann in die Wache führten. Günzel hatte relativ schnell die enge Szene-Bekanntschaft zwischen ihnen und Martin Zellner hergestellt und Kollegen von der Streife lasen sie schließlich an ihrem Stammbettelplatz am Bahnhof Sternschanze auf. Da sie an diesem Morgen noch nicht genug Geld für ein Konterbier zusammengeschnorrt hatten, jammerte der Kater vom Vorabend noch in ihrem Kopf und die Laune war entsprechend mies.

Kommissar Schneider war extra früh in die Wache gekommen und wartete im Vernehmungszimmer 1 auf Karl Baumann. Im Nebenzimmer war Günzel um Peter Carstens zu befragen. So konnte man hinterher die Aussagen auf Überschneidungen und Widersprüche überprüfen. Mit starrem Blick schaute Schneider Kalle in die roten, müden Augen.

"Herr Baumann, mein Name ist Schneider. Wissen Sie, warum Sie heute hier sind?"

"Die Bullen ham' irgendwas von Vernehmung gesagt."

"Ja, das ist korrekt. Es geht nur um ein paar Fragen. Ich werde unser Gespräch aufnehmen."

Schneider drückte die *Record*-Taste des digitalen Aufnahmegerätes.

"Bitte sagen Sie Ihren vollständigen Namen."

"Karl Baumann."

"Wo waren Sie gestern, zwischen 10 und 18 Uhr?"

"Wie, watt, wo war ich? Steh ich etwa unter Verdacht? Worum geht es überhaupt?"

"Nein, Sie stehen nicht unter Verdacht. Es geht um ein Kapitalverbrechen und laut den uns vorliegenden Informationen sind Sie mit dem Opfer gut bekannt."

"Selber Opfer!"

Kalles Ton wurde aggressiver.

"Ganz ruhig Herr Baumann. Wie ich bereits sagte, Sie stehen nicht unter Verdacht etwas damit zu tun zu haben, aber eventuell haben Sie etwas gesehen, das uns weiterhelfen kann. Also warum beantworten Sie nicht einfach meine Fragen, dann kann ich Sie umso schneller auch wieder gehen lassen."

"Ich sag hier ohne meinen Anwalt gar nichts mehr. Ihr wollt mir doch was anhängen, A.C.A.B. Alter!"

"Herr Baumann, normalerweise rufen Leute die nichts zu verbergen haben nicht gleich nach einem Anwalt. Wir hängen Ihnen hier gar nichts an. Aber wenn Sie es wünschen, rufen wir gerne Ihren Anwalt an. Momentan bewegen wir uns hier auf freiwilliger Basis, Sie können jederzeit gehen, wenn Sie das wünschen, aber ich glaube es ist auch in Ihrem Interesse mit uns zu kooperieren. Also, wie wäre es, wenn wir noch mal von vorne anfangen. Am besten vielleicht mit einem Kaffee?" Mit dem Kaffee hatte Schneider Kalle gebrochen.

"Na schön. Mit Milch und Zucker!"

"Einen Moment."

Schneider verließ das Zimmer. "Hey, Sie, passen Sie auf, dass niemand dieses Zimmer verlässt."

Dann klopfte er an die Tür von Vernehmungszimmer 2 und rief Günzel zu sich.

"Und, wie läuft's?"

"Gut, Chef. Herr Carstens zeigt sich kooperativ und ist in Plauderlaune."

"Ausgezeichnet. Meiner fängt auch gleich an, hatte ein bisschen Startschwierigkeiten. Weitermachen."

Mit einem wie von Kalle gewünscht ausgestatteten Kaffee ging Schneider zurück.

"So, bitteschön."

"Danke." Kalle nahm einen großen Schluck. Er spürte die Wärme des Kaffees seinen Körper durchströmen und war sofort besser gelaunt.

"Also, machen wir dort weiter, wo wir aufgehört haben." Kalle nickte.

"Wo waren Sie gestern, zwischen 10 und 18 Uhr?"

"Mmh, gestern sind wir nach'm Schnorren in den Park und eingepennt. Wir hatten ein paar Bierchen intus. Weiß gar nicht genau, wann wir aufgewacht sind, wohl so gegen 11 Uhr."

"Im Schanzenpark?"

"Ja, logisch. Wir hatten dann mega Kohldampf und..."

"Moment, mit wir meinen Sie Herrn Carstens und sich?"

"Ja. Beziehungsweise Jein. Als wir aufgewacht sind, waren wir nur noch zu zweit, aber morgens hatte Pille am Bahnhof so einen komischen Penner aufgelesen. Der sah aus wie Hitler und nannte sich auch so. Wir haben ihn Addi getauft. Der hat Fötzchen immer so komisch angesehen."

"Fötzchen ist Ihr Hund?"

"Ja."

"Ok, und weiter?"

"Irgendwann kam noch Mona dazu und wir sind alle zusammen in den Park gegangen."

"Mona?"

"Ja, Mona. Die kenn' ich noch aus Berlin. Ich hatte die Nacht mit ihr bei Zecki verbracht und war dann schon vor ihr zum Bahnhof gegangen."

"Wissen Sie wie diese Mona genau heißt?"

"Mona Buhk, Mona Berg, Mona... irgendwas kurzes mit *B*."

"Haben Sie vielleicht eine Adresse oder Telefonnummer von dieser Mona."

"Nee."

"Ok. Kein Problem. Und dann?"

"Mona und Addi haben sich gut verstanden, als wir aufwachten waren sie aus dem Park verschwunden. Pille und ich waren hungrig. Weil wir unser Geld versoffen hatten, sind wir Containern gegangen, hinten bei der Bullerei. Danach wieder an den Bahnhof und mit dem Geld sind wir gegen Abend zum Kiosk, paar Bierchen trinken."

"Verstanden. Sie sagten, Sie hätten die Nacht bei Zecki verbracht?"

"Ja, Mona und Zecki verstehen sich ganz gut, manchmal kann ich da mit unterkommen. Pille pennt da nicht so gerne, war aber am Vorabend noch bisschen mit uns trinken."

"Würden Sie sagen Pille hat etwas gegen Zecki?"

"Nee, der erträgt es nur nicht, dass zwischen Zecki und Mona was läuft, weil er selber auf Mona steht, seit sie ihn mal im Suff geküsst hat."

"Und an dem Abend war sonst alles normal?"

"Ja, war wie immer."

"Und Mona und Zecki sind fest zusammen?"

"Na ja, fest würd ich das nicht nennen. Also Heiratspläne haben die nicht, sind eher so Fickfreunde."

"Und ist Ihnen zwischen Mona und Zecki etwas aufgefallen, an dem Abend oder am Morgen? Eine gereizte Stimmung?"

"Nee, aber sagen Sie mal, was ist denn eigentlich passiert? Is' was mit Mona?"

"Nein, was mit Mona los ist, kann ich nicht sagen. Allerdings muss ich Ihnen mitteilen, dass Herr Zellner, also Zecki, gestern am späten Nachmittag ermordet worden ist."

"Nee, das' nicht wahr!?" Kalle war sichtlich geschockt.

"Doch, dem ist leider so. Ich denke wir wären dann fertig hier. Bitte verlassen Sie in den nächsten Tagen nicht die Stadt, eventuell ergeben sich noch Rückfragen. Sie können nun gehen."

Wortlos verließ Kalle das Zimmer. Schneider verließ ebenfalls den Raum und traf auf den bereits auf ihn wartenden Günzel.

"Geben Sie mir die Kurzfassung."

"Hat am Vorabend mit Kalle und einer Mona bei Martin Zellner in der Wohnung getrunken, dann in einer Laube übernachtet. Am Morgen dann einen verwirrten Mann, der sich selbst *Hitler* nennt, am Bahnhof aufgelesen und mit ihm das Bettelgeld geteilt. Später kamen Baumann und Mona dazu und alle vier sind in den Schanzenpark gegangen. Ist dann eingepennt. Danach waren Mona und *Hitler* weg. Kalle und Pille sind dann Containern und danach trinken gegangen. Pille schien sehr besorgt um die besagte Mona, der Tod von Zecki hat ihn zwar überrascht aber nicht so sehr mitgenommen."

"Das passt von der Story mit der von Baumann überein. Hätte Carstens kein Alibi, hätte er das klassische Eifersuchts-Motiv, aber so sollten wir uns auf Mona und vor allem auf den ominösen Addi konzentrieren."

"Sehe ich auch so, Chef."

„Haben Sie Kontaktdaten von dieser Mona von Pille bekommen?"

„Nein, Chef."

"Schauen Sie nochmal in den Akten nach, ob in den Szenekontakten eine Mona B. auftaucht und besorgen Sie die Aufnahmen der Überwachungskamera am Bahnhof."

"Jawohl." Günzel tat wie ihm geheißen, Schneider begab sich zum Büro von Tanja Benz. Die Tür stand offen und er klopfte kurz an.

"Kommen Sie herein."

"Frau Benz, haben Sie schon etwas zu den Schuhen herausfinden können?"

"Ich konnte den Hersteller identifizieren, eine Firma in Malaysia. In Deutschland finde ich den Schuh online jedoch nirgends. Bin dabei den Importeur ausfindig zu machen, aber das kann noch eine Weile dauern. Kein gängiges Modell auf jeden Fall."

"Haben Sie die Firma direkt kontaktiert?"

"Nein."

"Wieso nicht?"

"Na ja, ich…"

"Rufen Sie da sofort an. Wenn die nicht spuren, stellen Sie ein Rechtshilfeersuchen, dabei kann ihnen Tollberg helfen. Worauf warten Sie?", sprach er und stampfte davon.

TRAVELLING WITH
DEUTSCHE BAHN

Fasziniert sah ich den futuristisch anmutenden ICE fast lautlos in die Hallen des Hauptbahnhofs einfahren. Er war ein willkommener Kontrast zu dem menschlichen Abschaum, den ich teilweise auf dem Weg zum Gleis in dunklen Ecken kauernd gesehen hatte. Nun stand ich inmitten der Arbeiter, Touristen und Verirrten, die sich vor den Türen des weißen Schienenfahrzeugs drängten.

Mein Sitzplatz war im Wagen 4, Nummer 36. Ich wartete den ersten großen Schwung Menschen ab und stieg dann in die Bahn ein. Durch auf Knopfdruck öffnende Türen ging ich durch die Waggons. Die Gänge waren eng und einige Passagiere suchten fieberhaft nach Plätzen für ihre großen Koffer, die nicht in die Hutablage passten. Ich war voller Freude, lange war ich nicht mehr Bahn gefahren.

Das einzige, was schöner ist, als in einem Bahnwaggon zu fahren, ist den Feind in einem solchen die Kapitulation unterzeichnen zu lassen. So wie ich es auf der Lichtung von Rethondes bei *Compiègne* mit den Franzosen getan hatte. Und zwar in exakt demselben Waggon, in dem 22 Jahre vorher, 1918, uns Deutschen der Waffenstillstand im ersten Weltkrieg von den Franzmännern und Tommies diktiert worden war. Was wenige wissen: Der Waggon war früher Teil des berühmten Orient Express gewesen.

Neben dem Anschluss meiner Heimat Österreich an das Reich war dies eine der größten Genugtuungen meines Lebens. Und eine Demütigung des Feindes, die sich propagandistisch ausgezeichnet nutzen ließ.

Als ich an meinem Platz ankam, stellte ich erfreut fest, dass es sich um einen schönen Fensterplatz handelte, sah jedoch, dass dieser bereits durch eine dickliche Frau okkupiert war, die das Treiben am Gleis beobachtete. Ich überprüfte nochmal die Sitzplatzanzeige, die durch eine rötliche Beleuchtung wohl auch signalisierte, dass dieser Platz reserviert war, genauso wie mein Nebenplatz, die Nummer 35.

Mit stählernem Blick starrte ich der Frau in ihr unappetitliches Mondgesicht. Unweigerlich musste ich an Göring denken. Nach einer Weile bemerkte sie mich und fragte etwas barsch:

„Is' was?"

„Ich fürchte, Sie sitzen auf meinem Platz, Madame."

Mit einem genervten Aufstöhnen wuchtete sie sich von meinem Platz und drängte sich in den Gang. Ich setzte mich und spürte eine wohlige Wärme, ihr Elefantenpopöchen hatte den Sitz gut vorgeheizt. Unvermittelt machte es neben mir *Wumms*: Da saß sie wieder. Hatte sie wohl den Platz verwechselt.

Vor dem Fenster liefen unzählige Menschen hin und her. Viele von ihnen hätten auch brauchbare Soldaten abgegeben. Egal wie gut Deine Strategie ist, egal ob Du die beste Ausrüstung hast und auch bei größter Überlegenheit, wird immer auch Kanonenfutter benötigt. Plötzlich ertönte ein Signal und der Zug setzte sich langsam in Bewegung. Gemächlich verließen wir die Haupthalle des Bahnhofs und allmählich konnte ich immer mehr von der Hamburger Stadtkulisse erspähen. Unglaublich wie geräuscharm sich der Zug fortbewegte.

Die dicke Frau tippte unentwegt auf ihrem Smartphone herum, als neben ihr ein kleines altes Muttchen auftauchte. Mit tatteriger Hand führte die alte Frau ihr Ticket ganz nah vor die bebrillten Augen, dann schaute sie auf die Sitzplatzanzeige, schob die Gläser ein Stück die Nase herunter, kniff die Augen zusammen und bewegte den Kopf leicht vor und zurück. Dies wiederholte sie einige Male, bis sie sich ein Herz fasste, wie es schien und die Dicke ansprach:

"Entschuldigen Sie, ich glaube, Sie sitzen auf meinem Platz."

Prüfend sah das Walross die Omi an. Schließlich sagte sie: "Ne, da müssen Sie sich täuschen, das ist mein Platz."

"Aber das ist doch Platz 35 in Wagen 4?" Die arme Alte sah irritiert und hilflos aus.

"Ne, das ist zwei Wagen weiter vorne."

Was für eine dreiste Lügnerin. Ich musste einschreiten!

"Na hören Sie mal", sprach ich die fette Sau bestimmt an, "was fällt Ihnen ein der Dame ihren Platz streitig zu machen?"

"Was geht Sie das denn an?"

"Was mich das angeht?" Ich erhob die Stimme. "Diese Sache geht einen jeden rechtschaffenden Deutschen an. Sie tun hier gerade zwei Dinge, die ich abgrundtief verabscheue: Lügen und alte Menschen ausnutzen!"

"Aber ich..."

"Wie viele Kinder haben Sie?"

"Häh, gar keine, aber..."

"Und Sie?" Ich blickte zu der Oma.

"Ich habe drei Söhne und eine Tochter. Außerdem drei Enkel."

Ich blickte die Dicke böse an.

"Hier steht eine Frau, die die dritte Stufe des Ehrenkreuzes der Deutschen Mutter verliehen bekommen hätte und sie bittet Sie den ihr rechtmäßig zustehenden Platz zu räumen. Und Sie - mit Verlaub - fettleibige Wanze, die Sie in ihrem offensichtlich disziplinlosen Leben vermutlich noch gar nichts erreicht haben, versuchen die werte Dame mit einer Lüge durch die Waggons irren zu lassen, in der Hoffnung, dass sie einen anderen Platz auftut und sich damit abfindet, nicht auf ihrem Platz zu sitzen? Schämen Sie sich denn gar nicht?"

"Wie reden Sie denn mit mir?"

"So wie es sich gebart für einen Parasiten im Volks-körper!"

Ich war drauf und dran zum Messer zu greifen, aber scheinbar wurde es der Kuh nun doch zu bunt und sie verließ unter leichtem Grunzen den Platz. Die alte Dame zögerte, sich zu setzen, aber ich lächelte sie an und sagte mit sanfter Stimme:

"Entschuldigen Sie die Grobheit, aber manche Leute verstehen nur die Sprache der Gosse. Bitte, setzen Sie sich doch. Es ist ihr Platz."

Mit etwas Mühe setzte sie sich.

"Vielen Dank, dass Sie sich für mich eingesetzt haben."

"Aber das ist doch selbstverständlich! So ein rü-pelhaftes Verhalten ist nicht zu akzeptieren!", erwiderte ich und lächelte erneut.

Sie lächelte zurück und kramte dann in ihrer Tasche. Hervor kam das Buch *Deutsche auf der Flucht*. Ungefähr auf halber Seitenzahl steckte ein Stofflesezeichen und sie klappte das Buch dort auf. Dann rückte sie sich ihre Brille zurecht und fing an zu lesen. Ich lugte herüber und sah Schwarz-Weiß-Fotos von vollbepackten Wagen, die von Pferden gezogen wurden. Ich wollte nicht zu aufdringlich sein und sah wieder aus dem Fenster. Der Zug hatte eine immense Geschwindigkeit erreicht, was ich gar nicht mitbekommen hatte.

Plötzlich spürte ich ein Kribbeln in meiner Hose. Nein, nicht was Sie denken, das Smartphone von Mona vibrierte in regelmäßigen Abständen. Auf dem Telefon stand *Pille* und darunter waren ein grüner und ein roter Telefonhörer abgebildet. Ich drückte auf das grüne Symbol. Die Darstellung änderte sich und eine kleine Uhr fing an die Sekunden zu zählen. Zu hören war nichts. Obwohl, doch, ganz leise Geräusche drangen aus dem Gerät. Ich führte es langsam an mein Ohr und verschob es so lange in seiner Lage, bis ich klar und deutlich Pille hören konnte.

"Mona? Hallo, Mona, kannst Du mich hören?"

Wie sollte ich reagieren? Ich verstellte meine Stimme und antwortete nur knapp:

"Ja."

"Pille hier, Du wirst nicht glauben was passiert ist."

Pille war ganz außer sich und seine Stimme überschlug sich fast.

"Zecki ist tot, der wurde umgebracht. Kalle und ich wurden heute Morgen von den Bullen eingesammelt und verhört. Ich hab denen erzählt was wir an dem Tag gemacht haben und dabei auch Dich und Addi erwähnt! Mona?"

"Ja." Ich fand meine gekünzelte hohe Stimme lustig und musste aufpassen nicht zu lachen.

"Die wollten dann wissen, ob ich weiß wo Du bist oder ob ich eine Telefonnummer habe."

"Oh nein!"

"Habe ich denen natürlich nicht..." Pille verstummte. "Wer ist da wirklich?"

"Na ich bin's, Mona, hihi." Nun konnte ich mir ein Kichern nicht verkneifen.

"Ich möchte mit Mona sprechen. Addi?"

Ich erwiderte mit kräftigem Ton und in normaler Stimme: "Jawohl, hier ist Adolf."

"Was soll der Scheiß, ich muss Mona sprechen. Gib sie mir bitte mal!"

"Die ist gerade unpässlich."

"Was heißt unpässlich? Zecki ist tot, Mann. Hast Du den umgebracht? Und jetzt Mona?"

"Ganz ruhig. Jetzt atme erstmal tief durch, wir sind hier ja schließlich nicht an der Front!"

"Was Mann, wo ist Mona? Wo seid ihr?"

"Wie gesagt, Mona ist gerade unpässlich, ich kann Dir aber versichern, dass mit ihr alles in Ordnung ist."

"Alter die Bullen suchen euch. Zecki wurde umgebracht."

"Du wiederholst Dich, Junge!"

"Ja, aber..."

Ich hielt das Telefon von meinem Ohr weg. Ich hatte kein Bedürfnis mehr, mit dem Asozialen über Mona, Zecki oder sonst wen zu reden. Die wichtigste Information hatte er mir ja auch geliefert. Die Polizei war also am Ermitteln und hatte auch schon die Verbindung von Zecki zu Pille, Kalle, Mona und mir hergestellt. Interessant war, dass sie auch Mona suchten, ich hätte ja erwartet gehabt, das Mona diejenige welche war, die den Mord gemeldet hatte. Egal. Ich drückte das Rote-Hörer-Symbol und steckte das Smartphone wieder in die Tasche. Kurz darauf vibrierte es erneut. Ich ignorierte dies und schaute wieder zu der alten Dame, die weiterhin fleißig in ihrem Buch stöberte.

"Schon schlimm, was uns damals angetan wurde!", sagte ich schließlich. Die Omi blickte auf.

"Ja, furchtbar. Wenn ich diese Berichte lese und die Bilder sehe, dann kommen die Erinnerungen an die Flucht damals wieder hoch."

"Sie sind selbst geflohen?"

"Ja, ich war damals fünfzehn Jahre alt, als wir vor dem Russen fliehen mussten." Ihr Blick verdunkelte sich.

"Weihnachten 1944 konnten wir noch feiern, aber Mutter hatte damals schon einige Koffer gepackt."

Das Muttchen hatte wohl Redebedarf, denn es sprudelte nun förmlich aus ihr heraus.

"Oft hörte ich sie sagen 'Bald müssen wir hier weg' und nachts weinte sie manchmal. Von Vater hatten wir noch einen Brief erhalten, die Lage an der Front machte es unmöglich, dass er Weihnachten bei uns sein konnte. Seitdem hatten wir nichts mehr von ihm gehört. Eine Meldung, dass er gefallen war, hatten wir allerdings auch nicht bekommen, insofern war die Hoffnung da, dass er noch lebte."

"Darf ich fragen, in welcher Einheit ihr Vater gedient hat?", unterbrach ich sie.

"Er war in der 15. Panzergrenadier-Division und war, wie ich erst sehr viel später erfahren sollte, am 25. Dezember unter dem Kommando von General *von Manteuffel* an der Westfront gefallen." Ihre Augen wurden feucht.

"Das war also während der Ardennenoffensive."

"Ja, genau, Sie kennen sich ja gut aus!", erwiderte sie.

"Natürlich kenne ich mich gut aus", dachte ich, schließlich hatte ich das Unternehmen *Wacht am Rhein* quasi selbst geleitet. General Hasso von Manteuffel war mir noch einer der liebsten Generäle, der jammerte auch nicht so viel, sondern glaubte wie ich, an die Kraft des eisernen Willens unserer Soldaten. Zusammen mit Jodl und einigen wenigen weiteren Auserwählten war er in meine Offensivpläne eingeweiht, unter den anderen Generälen witterte ich, nicht erst seit dem 20. Juli, Verrat. Nun gut, die Lage war alles andere als rosig und nach anfänglichen Erfolgen gelang es nicht Antwerpen einzunehmen. Im Gegenteil, es ging alles weiter bergab, aber das ist ja weithin bekannt. Ich hatte meine Lektion aus den Niederlagen der Vergangenheit gelernt. Zukünftig würde ich sie in Siege ummünzen.

"Na ja, wissen Sie, ich bin sehr eng verbunden mit dem Nationalsozialismus und dem Kampf gegen den jüdischen Bolschewismus."

Sie schaute mich mit zugekniffenen Augen an. Dann erzählte sie weiter.

"Im Januar wurde es dann immer schlimmer mit den Luftangriffen. Ständig heulten die Fliegeralarm-Sirenen. Wir gingen halb angezogen ins Bett und unsere Schuhe und Jacke lagen direkt daneben bereit, damit wir es schnell in den nahegelegenen Luftschutz-keller schafften. Gefühlt ging es jede zweite Nacht in den eng gefüllten Raum. Richtig schlafen konnten wir vor Angst sowieso nicht, aber trotzdem zerrte die ganze Situation an den Nerven. Ich war das älteste Kind und half meiner Mutter, meine kleine Schwester

Lotte, die war erst vier, und meinen Bruder Werner, der acht war, anzuziehen und rüber zu schaffen. Einmal ging eine Bombe in das Gebäude direkt neben dem Schutzraum. Es war ohrenbetäubend laut und alle wurden wir durchgeschüttelt. Putz und Staub kamen von der Schutzkellerdecke, alle Kinder weinten und viele Erwachsene schrien. Das war ganz furchtbar. Am 29. Januar 1945 kam dann der offizielle Befehl Rastenburg zu verlassen. Dann ging alles ganz schnell. Wir hatten einen Bollerwagen vorbereitet, auf dem wir die fertig gepackten Koffer verstauten. Dazu Proviant und den alten geerbten Schmuck von meinen Großeltern. Ein Pferd hatten wir nicht, also mussten in erster Linie Mutter und ich den Wagen ziehen. Die Gehrmanns, eigentlich gut bekannte Nachbarn, hatten nicht mehr auf uns gewartet. So reihten wir uns in den Flüchtlingstreck ein und machten uns auf den Weg Richtung Braunsberg. Bei eisiger Kälte lagen gut 120 Kilometer vor uns. Bald hatte ich Schwielen an den Händen, Lotte weinte fast die ganze Zeit. Immer wieder wurde die Karawane von russischen Tieffliegern angegriffen. Wir suchten dann Schutz im Strassengraben oder unter Bäumen am Wegesrand. Und dann..."

Sie stockte kurz.

"Und dann, bei einem Angriff kurz nach Einbruch der Dunkelheit, war Werner plötzlich weg. Er war panisch fortgelaufen und einfach nicht mehr zu finden. Mutter schrie seinen Namen und suchte nach ihm die ganze Nacht, während ich auf Lotte aufpasste. Wir taten kein Auge zu und durchkämmten im Morgengrauen erneut die Umgebung, schauten sogar unter Leichen nach ihm. Der Treck, der die ganze Nacht an uns vorbeigezogen war, wurde dünner. Die Russen flogen jetzt über uns hinweg und griffen erst weit vor uns am Horizont an. Mutter sagte wir müssten weiter, sie hoffte Werner spätestens in Braunsberg wieder zu finden. Tatsächlich fanden wir ihn nie wieder. Oh, Werner!" Sie schluchzte.

"Der verdammte Russe!", sagte ich, während sie ein Taschentuch hervorkramte und sich eine Träne von der Wange wischte.

"Entschuldigen Sie, aber es wühlt mich immer auf, wenn ich von damals erzähle."

"Das ist absolut verständlich, Sie müssen mir das nicht erzählen, wenn Sie nicht möchten."

Sie wollte aber, denn es ging weiter.

"Kurz hinter Bartenstein, welches einer Geisterstadt glich, kamen wie aus dem Nichts zwei Wehrmachts-LKW angefahren. Sie boten an, uns mitzunehmen, allerdings ohne den Bollerwagen und nur bis Mehlsack. Trotzdem wäre dies eine Ersparnis von gut 40 Kilometern gewesen, also leerten wir den Bollerwagen und ließen das unwichtigste von unserem Habe zurück. Wieder einmal, sozusagen. Die Soldaten gaben uns ein paar Zuckerwürfel und erzählten, dass der Russe brandschatzend und vergewaltigend Richtung Westen marschiere, und er nur noch verlangsamt, aber nicht mehr aufgehalten werden könne. Auf der Fahrt konnten wir uns ein wenig erholen, so dass wir in Mehlsack sofort weiter Richtung Braunsberg liefen. Die Nacht verbrachten wir dann nahe Braunsberg in einer verlassenen kleinen Scheune, die Mutter nur zufällig vom Wegesrand aus gesehen hatte. Unser Proviant war mittlerweile stark dezimiert und so lutschten wir jeder einen Zuckerwürfel und schliefen zum ersten Mal für einige Stunden eng zusammengekuschelt ein.

Am nächsten Morgen schlossen wir uns dem Flüchtlingstreck aus Braunsberg an, der Richtung Frisches Haff marschierte. Es hieß von Pillau sollten Schiffe zur Evakuierung ablegen. Dann kam der für mich schrecklichste Teil der Flucht. Elf Kilometer über das gefrorene Haff. Überall lagen Koffer und Kisten, die wohl als zu schwer für Eis angesehen wurden.

Der große Tross aus Mensch und Pferd schritt vorsichtig über das knackende Eis. Immer wieder waren Angstrufe zu hören und es fiel den Menschen schwer, ihre Pferde im Zaum zu halten. Plötzlich verzog sich der Nebel und ein Sonnenstrahl bahnte sich seinen Weg durch die Wolken. Wie auf Befehl kamen alle zum Stehen. Circa 20 Meter neben uns lief eine Familie mit einem schönen Trakehner und Lotte fragte Mutter, ob sie sich das Pferd einmal näher ansehen könnten, jetzt wo gerade dieser magische Moment der Ruhe eingetreten war. Mutter sah fragend zu mir herüber und ich zuckte mit den Schultern. Vielleicht war es eine schöne Ablenkung für Lotte, nach alledem was passiert war. Mutter ging also mit Lotte zu der Familie herüber und kam ins Gespräch. Als ich gerade hinterher gehen wollte, brach wie aus dem nichts ein kleiner Verband russischer Tiefflieger durch die Wolkendecke, was sofort für Panik sorgte. Ich duckte mich einfach nur und sah dann, wie das Pferd mit den Vorderbeinen aufsprang und beim Wiederaufkommen durch das Eis brach. Mutter und Lotte, die nahe daneben gestanden hatten, brachen mit in das Eis. Ich lief sofort in Richtung des Loches, so gut es denn ging auf dem Eis, konnte aber aus der Distanz nur den Pferdekopf sehen, aus dessen Nüstern der heiße Atem über die kalte Wasseroberfläche stieß.

Die Famile war neben dem Loch hingefallen und lag wild zappelnd auf dem Eis. Immer weiter näherte ich mich dem Loch, noch 15 Meter, von Mutter und Lotte keine Spur, noch zehn Meter, das Pferd war mittlerweile untergegangen. Dann schlugen plötzlich die Schüsse eines Triefliegers genau in das Loch und in die dahinter liegende Familie. Durch die Einschläge riss das Eis weiter auf, die Familie fiel ins Wasser, welches sich nun rot färbte. Noch fünf Meter, noch vier Meter, drei, zwei... circa einen Meter vor dem Loch blieb ich stehen.

Von der Familie trieben nur die Mutter und ein Kind noch im blutroten Wasser. Der Rest war untergegangen, alle waren sie tot."

Es herrschte ein Moment Stille. Ich wusste auch nicht recht, was ich zu diesem schweren Schicksalsschlag sagen sollte.

"Wissen Sie, süß und ehrenhaft ist es, für das Vaterland zu sterben, aber nicht auf der Flucht, sondern an der Front. Auf unbewaffnete Zivilisten und vor allem Kinder zu schießen ist feige und schäbig."

Ich wusste, dass Hans-Ulrich Rudel einmal auf fliehende verbündete Soldaten geschossen hätte, wenn er denn noch Munition in seiner Stuka Bordkanone gehabt hätte, aber auf Flüchtlingstrecks: niemals!

Nicht umsonst war er mit dem Ritterkreuz des Eisernen Kreuzes mit goldenem Eichenlaub, Schwertern und Brillianten der höchstdekorierte Soldat im gesamten Krieg gewesen. Ok, Göring hatte das Großkreuz, aber das habe ich ihm ja noch vor meinem Tode aberkannt, dem fetten Verräterschwein.

Rudel jedenfalls war ein Teufelskerl: über 2.500 Feindflüge und mehr als 500 Panzer hatte er abgeschossen, dazu unzählige Fahrzeuge und Stellungen und sogar drei sowjetische Schiffe. Er wurde fünf Mal verwundet und 30 Mal abgeschossen, konnte sich aber immer retten. Selbst als er ein Bein verloren hatten, flog er weiter.

"Wie ging es dann für Sie weiter, Sie sitzen ja schließlich hier, also haben Sie es noch geschafft, sich in Sicherheit zu bringen?"

"Ich kann mich gar nicht mehr genau erinnern, wie ich dann vom Eis gekommen bin, aber als wir endlich am Ufer waren, hieß es aus Pillau führen keine Schiffe mehr ab. Ich schlug mich dann bis Danzig und schließlich Gotenhafen durch, wo ich fast auf der Wilhelm Gustloff gelandet wäre. Ich entschied mich dann aber - Gott lob - doch für den Landweg nach Stolp, wo ich mich der Familie einer guten Freundin anschloss und schließlich mit ihnen bis in die Lüneburger Heide floh. Ich hatte Glück im Unglück, wie ich später durch so manchen Bericht vergewaltigter Frauen hören sollte. Aber wie Sie schon sagten, nun sitze ich ja hier und fahre meinen Sohn und seine Familie in Berlin besuchen."

"Das freut mich für Sie und auch, dass Sie nicht auf die Gustloff gegangen sind!" Sie nickte.

"So, nun habe ich so viel über mich erzählt, darf ich fragen, was Sie machen?"

Irgendwie hatte ich zu der alten Dame Vertrauen gefasst. Da sie so offen zu mir war, wollte ich auch offen zu ihr sein. Ich beugte mich leicht zu ihr herüber und sprach mit gesenkter Stimme:

"Sie werden es jetzt vermutlich nicht glauben, aber ich bin Adolf Hitler, Kanzler des Deutschen Reiches."

Erstaunt sah sie mich an, dann lachte sie und sagte:

"Sie Scherzkeks."

Mein Blick blieb ernst. Sie kniff die Augen zusammen, musterte mich noch einmal. Ich führte Zeige- und Mittelfinger in mein Gesicht und legte die Spitzen unter meiner Nase ab. Dazu spitzte ich die Lippen und schaute grimmig. Nun schien es bei ihr *Klick* zu machen, denn sie riss die Augen auf, atmete einmal ein, hielt die Luft kurz an und atmete sie schließlich unter Abgabe eines Geräuschs des Erstaunens wieder aus.

"Kann es wirklich sein?", schien sie sich selbst zu fragen. "Aber das ist doch unmöglich?!"

"Ich habe auch keine Erklärung dafür. Ich halte es für eine göttliche Fügung, um für das Deutsche Volk eine Schicksalswende herbeizuführen."

"Als junges Mädel habe ich immer davon geträumt, Sie einmal zu treffen!"

"Na dann wird Ihr Traum heute wahr! Mit wem habe ich das Vergnügen?"

"Ich heiße Maria. Maria Schweiger, geborene Fährmann."

"Sehr erfreut, Maria."

Ich unterhielt mich noch sehr lange mit der alten Dame und hatte sie am Ende unseres Gesprächs so weit bearbeitet, dass sie wieder Feuer und Flamme für unsere Bewegung war. Allen Widrigkeiten und Erlebnissen zum Trotz. Der traurige Blick war einem Funkeln gewichen und sie schüttelte mir am Bahnsteig in Berlin noch sehr lange die Hand.

WALK THE SECOND GEMBA

Günzel kam aufgeregt in Schneiders Büro gelaufen. Zwei Tötungsdelikte an zwei Tagen, das war verdächtig bei 75 Mordfällen im ganzen Jahr. Schneider nippte gerade an seinem Kaffee, den er mit einem Schuss Whisky aus dem Flachmann aus der Innentasche seiner Jacke gepimpt hatte.

"Herr Kommissar, wir haben ein weiteres Gewaltverbrechen!"

"Stark, dann man los."

Schneider griff sich die Audi Schlüssel und stampfte mit Günzel im Schlepptau los.

"Wo müssen wir hin?"

"Hotel Phönix, Kirchenallee."

Günzel fuhr ungern mit Schneider, denn dieser raste immer so und so auch heute. Wie ein Besengter schoss er mit quietschenden Reifen aus der Einfahrt des Polizeikommissariats 41, machte dann eine scharfe Rechtskurve und schließlich einen *U-Turn*. Das Ganze mit dem durchgeschüttelten Günzel auf dem Beifahrersitz, der es erst auf einer längeren Gerade schaffte, das Magnet-Blaulicht auf dem Dach zu montieren.

"Details?"

"Noch nicht viele bekannt. Putzfrau auf Gästezimmer ermordet, vermutlich erstochen. Sexualdelikt nicht auszuschließen."

"Stark."

Kurz vor der Kirchenallee staute es sich und die anderen Fahrzeuge hatten Schwierigkeiten eine Gasse zu bilden für Schneider.

"Was ist das schon wieder für eine Scheiße hier? Die müsste man alle festnehmen wegen Justizbehinderung und Landfriedensbruch, diese blöden Schweine!"

Wild hupend bahnte sich der Audi den Weg bis vor das Hotel. Schneider war auf 180, riss Günzel Überzieher und Haube aus der Hand, zog diese halbherzig an und stampfte in die Hotellobby.

"Wo ist die Leiche?", schrie er in den Raum.

Ein Streifenpolizist zeigte verdutzt mit dem Finger in Richtung Treppe: "Zimmer 11."

"Aarrgh", mit einem undefinierten Schrei ging Schneider die Treppe hinauf. In dem Raum war alles noch so, wie es der Täter hinterlassen hatte. Günzel zwang sich hinter Schneider in das Zimmer und lugte hinter ihm hervor auf die Szene.

"Wo bleibt der Fotograf, ich will die Leiche sehen, verdammt."

"Der müsste jeden Moment kommen."

"Verdammte Fickscheiße! Günzel, gibt es Videoaufnahmen?"

"Das müssten wir einmal an der Rezeption erfragen."

"Dann los, zack, zack!"

Schneider drängte Günzel aus dem Zimmer und warf ihn dabei fast um. In der Lobby wurde die Rezeptionistin bereits von einem uniformierten Polizisten befragt.

"Haben Sie hier Videoüberwachung?"

"Ja, aber nur in der Lobby, das sagte ich auch gerade Ihrem Kollegen."

"Ich will die Aufnahmen sehen, und zwar sofort!", rief Schneider ungehalten.

"Ja, gut, äh, bitte folgen Sie mir."

Die Rezeptionistin führte Schneider und Günzel in ein kleines Hinterzimmer, in dem auf einem Tisch ein Monitor stand. Sie setzte sich an den Rechner und startete ein Programm, um dann im Schnelldurchlauf zum heutigen Morgen zurück zu spulen.

"Stopp, da!", rief Schneider.

Auf dem Bildschirm war eine Person von hinten zu sehen, wie sie schnell das Hotel verließ. Sie trug eine schwarze Lederjacke mit einem großen Anarchiezeichen auf dem Rücken.

"Die Jacke kommt mir irgendwie bekannt vor, Chef!", sagte Günzel.

"Ach ja?"

"Ich glaube die gehört Martin Zellner, wenn ich mich nicht irre!"

"Finden Sie's raus!"

Günzel rief im Revier an, während Schneider sich wieder dem Bildschirm zuwandte.

"Können Sie von der Einstellung einen verfickten Ausdruck machen?"

"Ja, selbstverständlich."

Die Frau machte ein paar Klicks und der nahestehende Drucker sprang an.

"Wann hat dieser Mann eingecheckt?"

"Das war am Vorabend. Der kam mir gleich etwas merkwürdig vor. Hat sich so geschwollen ausgedrückt. Und einen Ausweis hatte er auch nicht dabei."

"Aber irgendwas muss er ja angegeben haben oder ist das hier neuerdings ein Stundenhotel?"

"Ach, das war irgend so ein Fake-Name. Müller, Meier, Schulze oder so. Die Adresse war auch nicht echt, ich hab die Unterlagen vorne."

Schneider grunzte.

"Haben Sie die Aufnahmen vom Check-In?"

"Ja, die müssten drauf sein, die Aufzeichnung nimmt rollierend immer 72 Stunden auf. Datenschutz und so."

"Scheiß Datenschutz", dachte Schneider, "der hat uns schon so manche Festnahme vereitelt, der ominöse Datenschutz. Da ist das Geschrei immer groß. Aber zaubern können wir auch nicht. Entweder man will Datenschutz oder höhere Aufklärungsquoten. Beides zusammen geht nicht."

Im Schnelldurchlauf ging es auf der Aufnahme weiter zurück.

"Da, das ist er wieder", sagte sie plötzlich. "Der muss morgens schon mal raus gegangen sein."

Nun sah Schneider dem Verdächtigen das erste Mal ins Gesicht. Er dachte unweigerlich zurück an Pilles Aussage: "Der nannte sich Hitler."

Schneider stellte sich einen kleinen Schnäuzer vor. Eine gewisse Ähnlichkeit war tatsächlich gegeben.

"Hiervon bitte auch einen Ausdruck."

Da tippte Günzel ihn an: "Hier, Chef, das müssen Sie sehen."

Günzel zeigte Schneider ein Foto von Zecki auf seinem Handy, auf dem er ebenfalls eine schwarze Lederjacke mit großem Anarchie-A trug.

"Das muss sie sein", sagte Günzel.

"Viele Punker tragen solche Jacken, aber das wäre schon ein verdammt komischer Zufall."

"Das ist aber noch nicht alles!", strahlte Günzel.

"Was denn? Heraus mit der Sprache!"

"Hier, schauen Sie!"

Günzel wischte mehrfach über das Display und es erschien eine Abfolge von Aufnahmen aus der Über-wachungskamera am Bahnhof Sternschanze. Schneider nickte zufrieden. Alle tauchten sie auf den Ausschnit-ten auf: Kalle, Pille, Mona, der Hund Fötzchen und schließlich der Mann, der sich selbst Adolf Hitler nannte.

Schneider zoomte einen der Screenshots näher heran und hielt den frischen Ausdruck daneben: "Bingo!"

"Das ist unser Mann!", ergänze Günzel.

"Ja."

Schneider drehte sich zu der Frau: "Die Aufnahmen werden wir brauchen, machen Sie uns bitte direkt eine Kopie fertig."

Dann wieder an Günzel gewandt: "Kommen Sie, jetzt will ich die Leiche sehen."

HAPPY OMA

Maria Schweiger war noch ganz aufgeregt, als sie den Berliner Hauptbahnhof in nördlicher Richtung verließ. Wie immer, wenn sie ihren Sohn Konrad besuchte, überquerte Sie die Invalidenstraße und ging dann östlich am Geschichtspark vom Gefängnis Moabit vorbei, um in eine kleine Anliegergasse zu gelangen, die von der Lehrter Straße abging und in der Christin, Konrads Frau, bereits im Auto auf sie wartete.

Beiden war es so lieber: Frau Schweiger konnte sich so nach der Bahnfahrt noch etwas die Beine vertreten und Christin vermied die oft chaotische Parkplatzsituation direkt am Bahnhof. Da es ein schöner Tag war, stand Christin an das Auto gelehnt, als sie Maria um die Ecke biegen sah. Sie merkte sofort, dass heute etwas anders war. Maria wirkte wie ausgewechselt, geradezu beschwingt und mit einem breiten Lächeln kam sie auf das Auto zu. Ganz anders als die letzten Male, wo sie langsam schlurfend, fast mit Buckel, nur lächelte, wenn sie ihren Sohn oder Enkel sah. Auch ihre geistige Fitness hatte nachgelassen: die sonst im Nu ausgefüllten Kreuzworträtsel dauerten lange und oft fragte sie Konrad oder sie um Rat.

"Hallo Maria, Du strahlst ja richtig!"

"Hallo Christin, schön Dich zu sehen. Ja, ich freue mich ja auch."

"Wir freuen uns auch, dass Du hier bist. Hat die Bahnfahrt gut geklappt?" Christin hielt Maria die Beifahrertür auf.

"Ja, ganz wunderbar." Maria gluckste ein wenig. Beide stiegen in den großen Touareg ein.

"Und, wie geht es denn meinem Enkel?"

"Elias geht es gut, er schlief aber, als ich losfuhr, deswegen habe ich ihn nicht mitgebracht."

"Macht ja nichts, ich sehe ihn ja gleich."

Maria strahlte, schaute aus dem Fenster und schüttelte ab und zu den Kopf.

"Sag mal, Maria, Du wirkst heute so anders, ist wirklich alles ok bei Dir?"

Die alte Frau drehte sich zur Schwiegertochter: "Heute in der Bahn ist ein Traum von mir in Erfüllung gegangen."

"Was denn für ein Traum?"

Maria strahlte Christin an: "Ich habe in der Bahn den Führer getroffen!"

"Den Zugführer?"

"Nein", sagte Maria, um dann flüsternd hinzuzufügen: *"Den Führer!"*

Christin sah sie fragend an.

"Adolf Hitler! Er ist zurück und baut das Reich wieder auf!"

Konrads Frau war geschockt. Sie versuchte sich nichts anmerken zu lassen.

"Ach wirklich, den echten Adolf Hitler?"

"Ja!"

Die restliche Fahrt zur Wohnung erzählte Maria mit großer Begeisterung von ihrer Begegnung auf der Zugfahrt. Christin sagte nichts mehr, hörte nur noch zu. Als sie endlich in der Furtwänglerstraße in Berlin-Grunewald ankamen, stand Konrad bereits mit Elias auf dem Arm im Eingang des denkmalgeschützten Hauses. Es hatte mal einem berühmten deutschen Regisseur gehört und war Schauplatz mehrerer Filme des sogenannten *Neuen Deutschen Films*.

Noch herzlicher als vorhin begrüßte Maria ihren Sohn und den zur Abwechslung mal sehr entspannten und ruhigen Enkel. Christin sagte zu Maria: "Setz dich doch schon mal, der Tisch ist bereits gedeckt."

Dann bedeutete sie ihrem Mann per Augensignal, dass sie ihn unter vier Augen sprechen wolle. Zusammen gingen sie in die Küche. Leise aber bestimmt sagte sie ihrem Mann: "Mit Deiner Mutter ist es jetzt soweit, die muss ins Heim."

"Wieso, sie wirkt doch super drauf, was ist los?"

"Die ist dement und halluziniert."

"Ja? Das glaube ich nicht."

"Nein? Dann frage sie doch mal, wen sie in der Bahn getroffen hat!"

"Wen denn?"

"Adolf Hitler!"

DIE JAGD BEGINNT

Nachdem der Fotograf den Tatort in seiner Urform aus sämtlichen Perspektiven abgelichtet hatte und die Herren von der Spurensicherung ihr Okay gegeben hatten, zog Schneider persönlich die Bettdecke von Lidija herunter. Der Körper war über und über mit Blut übersät.

"Erstochen, abgeschlachtet. Bei der Heftigkeit sieht es nach Beziehungstat aus."

"Aber schauen Sie mal, am Kopf", warf Günzel ein.

Schneider sah auf und strich das kurze Haar von Lidijas Stirn.

"Mmh, heftige stumpfe Verletzung. Da klebt noch etwas Papier an der Wunde." Beide schauten sich die Leiche weiter an.

"Bluse aufgerissen." Schneider nahm die Hände von Lidija und betrachtete die Fingernägel.

"Sehen sauber aus, kein Zeichen von Gegenwehr."

Günzel entdeckte dann ein paar kleine eingetrocknete Flecken auf dem Laken neben Lidijas rechtem Oberschenkel.

"Chef, sehen Sie mal, hier."

Schneider sah die Stelle, fuhr leicht mit dem Handschuh darüber, ging näher heran.

"Kalter Bauer, Sperma! Mmh, an der Vagina kann ich äußerlich nichts erkennen. Vielleicht nach dem Mord einen abgewichst. Gut gesehen, Günzel."

Die weitere grobe Untersuchung brachte bis auf einige winzige Blutreste im Badezimmer und dem abgerissenen Schlüssel im Zimmertürschloss keine bahnbrechenden Erkenntnisse.

"Ok, den Rest macht der Gerichtsmediziner. Günzel, verteilen Sie die Überwachungskameraaufnahmen an die Kollegen und starten eine Rasterfahndung. Parallel

fragen Sie die Genehmigung für eine Öffentlichkeitsfahndung ab."

"Bei Richter Hansen?"

"Nee, direkt bei Staatsanwalt Lorenz, hier liegt Gefahr
im Verzug vor, wenn er Fragen hat soll er mich direkt
anrufen. Paragraph 131c Strafprozessordnung, das
müssen Sie doch wissen, Günzel!"

"Alles klar, Chef."

REICHSHAUPTSTADT

Ich betrat den Bahnsteig und atmete einmal tief durch. Was hatte ich mich auf die Berliner Luft gefreut! Doch Moment mal, irgendwie war sie kein besonderer Duft mehr. Es roch nach säuerlichem Schweiß und nach gegrilltem Fleisch, eine ekelhafte Kombination. Ich sah mich in dem mir in der jetzigen Form unbekannten Bahnhof um. Die gläserne Konstruktion ließ ihn zwar sehr hell, aber auch zerbrechlich wirken. Da war mir der stählerne Hamburger Hauptbahnhof oder der schöne Berliner Anhalterbahnhof tausendmal lieber. Schnell schlängelte ich mich durch das Gewusel, kaufte mir bei einem Bäcker ein Milchbrötchen und verließ den Bahnhof in südlicher Richtung. Wieder fielen mir unter den Menschen sehr viele Orientale auf, aber auch Neger. Das Wetter war nach wie vor herrlich.

Ich überquerte die Spree und flanierte durch den Spreebogenpark. Von weitem sah ich die merkwürdig schimmernde Kuppel des Reichstags. Zu meiner rechten passierte ich ein sehr hässliches, aber gut gesichertes Gebäude. Ich fragte einen Passanten und erfuhr, dass es sich dabei um das Bundeskanzleramt handelte. Hier residierte also die Frau an der Spitze des Reiches, äh, Staates. So etwas hätte es zu meiner Zeit nicht gegeben, da gehörte die Frau an den Herd, ans Krankenbett und natürlich ins Ehebett. Der Staat brauchte schließlich Soldaten und Arbeiter.

Weiter ging es Richtung Reichstag. Als ich auf dem großen Platz vor dem mir so vertrauten Gebäude zum Stehen kam, traute ich meinen Augen nicht:

Die Kuppel war aus Glas!

Deshalb schimmerte sie vorhin auch so in der Sonne. Welcher Stümper hatte denn die Idee? Albert würde im Grabe rotieren, wenn er das sehen könnte.

Und überhaupt? Wieso war Berlin nach der Zerbombung nicht nach meinen Plänen wiedererrichtet worden? Wieso waren nirgendwo die Monumentalbauten der Welthauptstadt Germania zu sehen? Ich war stink sauer. Dann fiel mir aber wieder ein, dass wir den Krieg ja verloren hatten. Kein Wunder also.

Am liebsten wäre ich am Abend im Schutze der Dunkelheit wiedergekommen, um den ganzen Laden anzuzünden, denn Zündeln, dass konnte ich. Genau wie am 27. Februar 1933 mit Marinus, der später dafür hingerichtet wurde. Wie geplant konnten wir mit der bereits ausformulierten Verordnung zum Schutz von Volk und Staat unsere Macht weiter ausbauen und alles den Kommunisten in die Schuhe schieben. Genial.

Als ich mich so der guten alten Zeit erinnerte, hellte meine Laune wieder auf. Zu meinem Ziel war es nun nicht mehr weit. Das Brandenburger Tor sah zum Glück fast wie damals aus, es fehlten nur die Hakenkreuzfahnen. Auf dem Pariser Platz tummelten sich bereits einige Touristen und machten Fotos. Ich stellte mir vor, wie ein riesiger Triumphzug aus unzähligen Elitesoldaten, Kampfpanzern und Artilleriegeschossen an mir vorbeizöge und damit endlich die Befreiung des deutschen Volkes aus der Unterjochung und somit den Endsieg zelebrierte. Eigentlich eine beflügelnde Vorstellung, doch plötzlich war sie wieder da, diese lähmende Müdigkeit, wie sie mich auch in den letzten Kriegsjahren immer wieder befallen hatte. Wäre doch Dr. Morell hier, dann könnte er mir mit einer Spritze zumindest über die nächsten ein bis zwei Stunden helfen. Eine Zeit lang verabreichte er mir bis zu fünf Spritzen am Tag, doch auf Grund der immer deutlicher zu Tage tretenden Nebenwirkungen fuhren wir die tägliche Ration auf eine Spritze pro Tag herunter. Meist nahm ich diese vor den Besprechungen mit der Generalität oder vor wichtigen Reden in Anspruch. Abends gab es dann noch eine Tablette und eine spezielle Tinktur, denn trotz totaler körperlicher Erschöpfung konnte ich nicht einschlafen. Mein Geist war zu rastlos, tausende Gedanken schossen durch meinen Kopf, davon hunderte Sorgen ums Volk und um meine Soldaten, die tapfer in allen Himmelsrichtungen an den Fronten die Stellung hielten.

Gedanken an die Versprechen der Wissenschaftler, dass die Wunder- und Vergeltungswaffen bald hergestellt seien und die Wende in diesem mittlerweile aussichtslosen Kampf bringen würden.

Wie gerne hätte ich jetzt Morells Schlaftrunk, doch es nützte nichts. Jetzt hieß es durchbeißen. Ich musste sehen, wie es um das Gold bestellt war. Ich begab mich Richtung der am 3. Februar 1945 zerstörten Reichskanzlei und dem Bunker, in dem ich die letzten Kriegswochen bis zu meinem Tode verbracht hatte.

Das Gold war in einem 10 Meter tief gelegenen Geheimraum in einem der Ministergärten, exakt 120 Meter östlich des Goethe Denkmals im Berliner Tiergarten. Der Zugang erfolgte über einen doppelten Boden in einem Gerätehaus im Ministergarten oder über eine Geheimtür direkt im Goethedenkmal. Auf dem kurzen Weg fiel mir als erstes die Änderung der Straßennamen auf, was jedoch nicht der Rede wert war im Vergleich zu dem Bild was sich mir bot, als ich bei den Ministergärten ankam. Ein riesiges Feld aus unterschiedlich großen, symmetrisch angeordneten Betonklötzen lag vor mir. Wie sich herausstellte, handelte es sich um ein *Denkmal der Schande* und mit den unterirdischen Ausstellungsräumen war mir schnell klar, dass das Gold verloren war.

Am Boden zerstört lief ich ziellos durch die Straßen. Ich passierte den Gendarmenmarkt und gelangte an die Spree, der ich in östlicher Richtung folgte. Vorbei am Märkischen Ufer, an Einkaufszentren und Heizkraftwerken erreichte ich nach fast einer Stunde den Landwehrkanal, dem ich nun in südlicher Richtung folgte, bis ich schließlich am Rande eines Parks am Görlitzer Ufer von einem Schwarzen angesprochen wurde.

„Hey man, brauchst Du was?"

„Wie bitte?", erwiderte ich verdutzt.

„Du siehst müde aus, ich bin Demba."

Müde war ich in der Tat.

„Ich habe Steine, Ice, Ganja..."

„Tut mir leid, ich kann Ihnen nicht ganz folgen", sagte ich, doch Demba stellte sich mir halb in den Weg.

„Warte, man. Pass auf, Du kommst nicht von hier, oder?"

„Nun ja, sagen wir es so, ich war länger nicht in Berlin."

„Ok man, ich glaube ich habe genau das richtige für Dich. Ein bisschen Ice und Dir geht es wieder gut."

„Mir ist ehrlich gesagt nicht nach Eiscreme zumute."

„Nein man, kein Eis. Ich meine Ice. Meth, you know? Macht top fit und ist für Dich als Einsteiger besser als Steine."

„Mmh...", murmelte ich und zuckte mit den Schultern.

„Ok man, pass auf. Ich mache Dir einen guten Preis, ich bin Dein Kollege. Gib mir zehn Euro und ich verspreche, Du bist gleich richtig gut drauf."

Ich war eigentlich nicht erpicht darauf, hier am hell-lichten Tage offensichtlich illegal von diesem Busch-mann irgendwelche Substanzen zu kaufen, anderer-seits war ich derart am Boden zerstört ob des ver-lorenen Goldes, meiner Planlosigkeit und der starken Müdigkeit, dass ich tatsächlich einen Zehn-Euro-Schein aus Zeckis Portemonnaie zog und ihm hinhielt. Demba sah sich um, nahm den Schein, griff in seine linke Tasche und reichte mir ein kleines Tütchen mit einem weißen Pulver. Dann beugte er sich verschwörerisch zu mir herüber und flüsterte:

„Man, der Preis ist ein Freundschaftspreis, weil ich sehe, dass es Dir nicht gut geht. Wenn Du wieder etwas brauchst, komm hierher zurück, ich bin immer da. Denk dran, ich bin Demba, Dein Freund."

Ich nickte und sah dann auf das Tütchen. Demba drückte meine Hand in Richtung meines Körpers und sagte: „Hey, steck das ein."

„Wie nehme ich das Pulver denn ein?"

„Das schnupfst Du mein Freund. Schön hoch in die Nase ziehen, das knallt sofort."

„Danke", sagte ich und ging in den Park. Schon nach wenigen Metern sprach mich ein Orientale an: „Haschisch?"

Ich reagierte nicht und setzte mich nahe eines Spielplatzes auf eine Bank. Dann schüttete ich das Pulver aus dem Tütchen windgeschützt zwischen meinen Beinen auf die Holzlatte der Sitzfläche. Ein gerollter Geldschein diente mir als Saugvorrichtung. Ich steckte ihn in mein linkes Nasenloch, beugte mich vor, hielt das rechte Nasenloch zu und sog etwas mehr als die Hälfte des Pulvers ein. Dann wiederholte ich den Vorgang mit der anderen Seite. Ich wartete. Ein leichtes Brennen stellte sich ein, sonst passierte nichts. Gerade wollte ich zu Demba gehen und mich beschweren, als schlagartig die Wirkung einsetzte. *Bämm*. Wie eine Bombe war ich schlagartig hell wach und fokussiert. Es war wie damals das Methamphetamin, die sogenannte Panzerschokolade, die wir an die Wehrmacht verteilt hatten. Blitzkrieg im Kopf. Keine Müdigkeit, kein Hunger, keine Schmerzen. Merkwürdige Lichtblitze durchzogen mein Sichtfeld. Ich war hochmotiviert. Ich brauchte kein Gold um die Bewegung wieder aufleben zu lassen und Deutschland zu retten. Ich brauchte nur die Massen und die konnte ich doch begeistern. Warum sollte das heute anders sein als damals? Die Wirkung war grandios, es fühlte sich so an, wie beim ersten Mal, als Dr. Morell mir die Hallo-Wach-Spritze setzte.

Ich fing an zu laufen, denn ich konnte Riesenschritte machen. Alles war leicht, als wäre ich eine Feder, die der Wind trägt. Vorbei an dem grinsenden Demba, über die Straßen, durch die Gassen. Als ich so über die Puschkinallee *flog* wurde es ganz hell und sehr laut. Mehrere scheinbar ewig hallende Hupgeräusche und ein ohrenbetäubendes Quietschen zogen an mir vorüber, als ich rechter Hand unter einer Eisenbahnbrücke in einen weiteren Park einbog.

Auf einer Wiese ging ich auf die Knie, um mit meiner Hand durch das Gras zu fahren. Schließlich legte ich mich flach auf den Rasen und die grünen Halme wirkten wie Pfähle, die weit in den Himmel ragten. Sie erinnerten mich an die *Rommelspargel* in der Normandie, die die Landung von schwerem Gerät verhindern sollten. Ein Gänseblümchen flüsterte: „Iss' mich!" und ich tat es. Eine gefühlte Ewigkeit kaute ich die Blüte und ätherische Öle durchströmten Mund und Nase. Mein Körper war warm und ich spürte ihn wie nie zuvor, ich konnte alles erreichen und war so tief glücklich, glücklicher noch als beim Anschluss Österreichs oder der Kapitulation der Franzosen.

Dann fing ich an zu rollen. Ich war wahnsinnig schnell und obwohl die Wiese nicht abschüssig war, schien ich immer weiter zu beschleunigen, ich wusste nicht mehr wo oben und unten war, das Drehen in meinem Kopf änderte die Richtung, ich fing an zu Grinsen, dann lachte ich. Ich lachte so laut und inbrünstig, wie nie zuvor in meinem Leben. Plötzlich traf ich auf den Schotterweg, der durch den Park führte und die kleinen Steinchen bohrten sich durch meine Hose und piksten mich wie tausend Nadeln. In der Mitte des Weges blieb ich schließlich mit ausgebreiteten Armen liegen und schloss die Augen.

„Hallo? Hallo, geht es Ihnen gut?"
Ein Passant tippte mich an meiner Schulter an. Irgendwie löste dies in mir Panik aus.

Wie von der Tarantel gebissen sprang ich auf und rannte schreiend weiter in den Park hinein. Hinter einer Baumreihe stieß ich dann auf eine größere Denkmalanlage. Eine trauernde Frauenskulptur stand vor einem Durchgang Richtung einer sehr großen, wie es schien Soldatenstatue. Sarkophage, Hammer und Sichel, Gedenktafeln:

„Das schaffende Volk Berlins den unsterblichen Helden der Roten Armee am 1. Mai 1946."

Unglaublich, ein Ehrenmal für die Bolschewisten, mitten in Berlin. Ich musste mich unbedingt tiefer einlesen in die Zeit nach meinem Ableben. Ich ging weiter auf die große Statue zu und sah einen Soldaten, der ein kleines Mädchen auf dem Arm hielt und mit einem großen Schwert ein Hakenkreuz zerschlagen hatte, dessen Trümmer nun zu seinen Füßen lagen. Zitternd schwor ich, dieses Konstrukt dem Erdboden gleich zu machen, und wenn es das letzte wäre, was ich tun würde.

Langsam wurde der Rausch schwächer und ich merkte, dass es bereits dämmerte. Ich verließ den Park und fand hinter einem Wald ein kleines Wohngebiet. Am äußersten dem Wald zugewandten Grundstück stand, recht weit vom Wohnhaus entfernt, eine kleine Gartenlaube. Das Grundstück war nur mit einer ein Meter hohen Hecke eingefriedet, die ich etwas ungeschickt zu überklettern versuchte. Die Laube war zu meinem Glück nicht verschlossen. In ihr waren neben einem Stapel von Autoreifen noch ein paar Klappstühle und eine Holzliege gelagert, die ich durch ein wenig umräumen aufstellen konnte. Ich machte es mir bequem und sog, immer noch durch das Meth fokussiert, aber nicht mehr so weggetreten, alles in mich auf, was Monas Smartphone, Wikipedia und Google hergaben. Von der Niederlage, über das Wirtschaftswunder, zum Kalten Krieg bis hin zur Wiedervereinigung. Über das deutsche Parteiensystem und der vielversprechenden

AFD, über die Europäische Union bis hin zu Putin, Trump und Kim Jong-Un. Nach gut zwei Stunden, gerade als ich etwas über die sogenannten Reichsbürger las, war die Wirkung dann vollends verflogen, beziehungsweise sie kehrte sich ins Gegenteil um. Die Euphorie und Klarheit wich einem Gefühl, dass ich am ehesten als Depression beschreiben würde und eine mir bis dato unbekannte, bleischwere Müdigkeit befiel mich, die mich auch sogleich in einen tiefen, komaähnlichen Schlaf zog.

Renate sitzt vor mir am Kaffeetisch. Sie war mir damals in dem Machwerk „Revolte im Erziehungshaus" aufgefallen und nun hatte Joseph sie von der Gestapo zu einem Stück Kuchen mit dem Führer abholen lassen. Ich bin freundlich und versuche die Stimmung mit ein paar Anekdoten und Witzen aufzulockern, doch Renate blickt nur schüchtern auf ihr Stück Donauwelle. Sie ahnt wahrscheinlich, was eine „Einladung" zum Kaffee beim Führer bedeutet. Sie erwidert meine Annäherungsversuche nicht. Die Stimmung kippt. Jetzt drohe ich ihr. Zum Glück hat sie ihre Tasse schon halb ausgetrunken. Es dauert nicht mehr lange. Sie blinkt mit den Augen, die Pupillen zucken immer stärker hin und her. Dann fällt sie bewusstlos nach vorne, mit dem Gesicht auf den Teller. Ich greife unter ihre Arme und ziehe sie zu dem Divan in der Raumecke. Den Kuchen lecke ich ihr vom Gesicht. Sie wird am nächsten Tag nicht mehr wissen, was passiert ist und warum sie Schmerzen im Unterleib hat. Zu vollgedröhnt ist sie heute gewesen. Richtig erholen wird sie sich nicht mehr davon. Sie wird anfangen zu trinken und Drogen zu nehmen. Da wir sie beobachten, bekomme ich Mitleid mit ihr. Es muss nur wie ein Unfall aussehen.

HELLA

Kommissar Schneider saß in seinem schwarzen Audi und beobachtete sie durch das Fenster des italienischen Restaurants. Es war bereits dunkel. Da es in der Langen Reihe immer sehr schwer war, einen Parkplatz zu bekommen, stand er in der zweiten Reihe. Genervte Auto- und Radfahrer fuhren meckernd an ihm vorbei. Doch das bemerkte er gar nicht. Er sah nur sie. Und ihn. Hella und Moritz. Sie saßen direkt an dem Tisch vor dem großen Fenster, um das eine Lichterkette verlief und in dem ein paar kitschige italienische Dekoartikel standen.

Er hatte, wie es in letzter Zeit häufiger vorkam, dienstliche Nachrichtentechnik eingesetzt, um ihren Aufenthaltsort zu ermitteln. Jetzt saß er da, den süßlichen Geschmack von Whisky mit der Zunge zwischen Zahnfleisch und Wangeninnenseite suchend und mit der Hand am Griff der kalten Waffe.

Seine Exfrau und ihr neuer *Pseudointellektueller* hatten schon lange das Dessert vertilgt und genossen nun seit einer gefühlten Ewigkeit eine Flasche Wein. Ausgelassen gestikulierend und lachend wirkten sie wie frisch verliebte Teenager, Teenager denen Schneider in diesem Moment am liebsten das Gehirn weggepustet hätte. Erst das von Moritz, natürlich vor Hellas Augen, und dann Hella. Nicht ohne ihr vorher noch zu sagen, was für eine Eheeid-brechende Fotze sie war.

Schneiders Handy vibrierte, eine Nachricht von Günzel: „Rechtsmedizinische Untersuchung fertig, Bericht morgen früh verfügbar."

Da er kein Fan von viel Tipperei war, aktivierte er die sprachgesteuerte Freisprecheinrichtung:

„Rufe Günzel an." Es tutete nur kurz.

„Günzel?", hallte es aus dem Lautsprecher.

„Ja, Schneider hier. Habe Ihre Nachricht erhalten. Wissen Sie, wer die Autopsie vorgenommen hat?"

„Hallo Inspektor, ja, das war Dr. Reimann."

„Ah, super. Den mag ich. Ich war lange nicht im Leichenkeller, vermisse den Kadavergeruch. Lassen Sie uns doch morgen dort treffen, so gegen 8.30 Uhr?"

Günzel stockte etwas.

„Äh, ja, Chef."

Schneider freute sich. Er mochte es nicht wirklich in der Pathologie des UKE, aber Günzel hasste es dort. Er vertrug den Geruch nicht und musste vor Ort immer ohne Ende würgen.

„Ausgezeichnet", sagte Schneider und legte auf.

„Vielleicht bringe ich ihn ja morgen endlich zum Kotzen!", dachte er, als es plötzlich an seiner Scheibe klopfte und ihn ein heller Lichtstrahl traf. Ein Polizist in Uniform deutete ihm, die Scheibe zu öffnen. Erst jetzt bemerkte Schneider den zweiten Polizisten auf der rechten Wagenseite und das Polizeiauto hinter ihm. Schneider fuhr erst das Fenster herunter, dann fuhr er den Polizisten an:

„Sagen Sie mal, sind Sie nicht ganz dicht? Ich bin mitten in einer Observation. Was fällt Ihnen denn ein hier, ich könnte auffliegen, das gibt es doch gar nicht."

Der Polizist blieb cool.

„Ganz ruhig, ja, jetzt beruhigen wir uns erst einmal."

„Beruhigen? Ich soll mich beruhigen?", schrie Schneider nun.

„Ja, ganz genau. Sie stehen hier in zweiter Reihe und behindern den Verkehr. Was sagten Sie, Sie observieren jemanden?"

„Und ob ich das tue. Schneider, Kommissar Schneider. Ich ermittle in zwei Mordfällen und Sie behindern mich bei der Arbeit."

„Zeigen Sie mir doch mal Ihren Dienstausweis."

Jetzt wurde es Schneider zu viel. Er brüllte:

„Meinen Dienstausweis? Jetzt sagen Sie mir erstmal Ihren Namen und Ihre Dienstnummer, das hat Konsequenzen, mein Freund, das schwör ich Dir!"

Mittlerweile hatte die Situation unter den Passanten Aufmerksamkeit erregt und auch Hella und Moritz, die gerade das Restaurant verlassen hatten, sahen zu den beiden Wagen herüber.

„Sag mal, Honey, ist das nicht Dein Mann?", fragte Moritz Hella, die er legere im rechten Arm hielt. Hella blickte hinüber, kniff ein wenig die Augen zusammen und erkannte *ihn*. Hatte er sie also schon wieder ausspioniert.

„Das gibt es doch nicht", entfuhr es ihr, „dem werde ich etwas erzählen!"

Sie wollte sich losreißen, doch Moritz hielt sie zurück.

„Komm, lass gut sein, Honey, wir wollen uns doch nicht den schönen Abend jetzt noch verderben lassen. Außerdem habe ich gerade eine Viagra geschluckt, wir sollten schnell nach Hause."

Hella ließ sich mit der Aussicht auf einen schönen Fick besänftigen, warf ihrem Ex noch einen bösen Blick zu und ging dann mit Moritz ihres Weges.

Schneider unterdessen hatte mitbekommen, dass ihn *die Fotze* gesehen hatte. Gerade wollte er dem Polizisten drohen, als dieser zu seinem Kollegen sagte:

„Du, ich glaube im Wagen riecht es nach Alkohol."

Nun wurde Schneider kleinlaut.

Er wühlte in seiner Jackentasche nach seinem Dienstausweis und wandte sich, nun freundlich und fast schon flüsternd, an den Beamten.

„Hören Sie, ja, hier ist mein Dienstausweis. Ich observiere hier gerade eine verdächtige Person, beziehungsweise ich observierte, denn nun habe ich sie aus den Augen verloren. Sie gefährden mich, indem Sie die Aufmerksamkeit auf uns lenken."

„Mmh...", erwiderte der Polizist, „das mag ja so sein, aber ich habe den Verdacht, dass Sie Alkohol getrunken haben."

„Alkohol, Alkohol. Ja, verdammt, ich habe ein kleines Gläschen Whisky getrunken, als ich vorhin in einer Bar mit einem Informanten gesprochen habe. Ich wollte da nicht auffallen, was hätte ich denn tun sollen, mir eine warme Milch mit Honig bestellen?"

„Das gibt Ihnen aber keine Sonderrechte betrunken Auto zu fahren."

„Sonderrechte. Wer redet denn hier von Sonderrechten? Ich habe ein kleines Glas genommen, natürlich bin ich noch fahrtüchtig. Was denken Sie denn? Kommen Sie, überprüfen Sie mich, fragen Sie in der Zentrale nach. Oder rufen Sie im *PK 41* an und verlangen Dieter Günzel, der kann Ihnen das auch bestätigen."

„Einen Augenblick, ja."

Der Polizist ging zurück zu dem Peterwagen, während der andere mit der Hand an der Pistole neben Schneiders Audi stehenblieb. Nach einigen Minuten kam der Beamte zurück, gab Schneider den Dienstausweis und sagte:

„Ok, Herr Kommissar, soweit passt das. Ich empfehle Ihnen aber zukünftig Ihre Observationen nicht unbedingt mitten auf der Straße durchzuführen, das fällt nämlich auf und dann kontrolliert Sie die nächste Streife."

„Bla, bla", murmelte Schneider und griff seinen Ausweis. Dann startete er den Wagen und fuhr mit quietschenden Reifen davon. Als er außer Sichtweite war, griff er unter seinen Sitz und zog die halbvolle Whiskyflasche hervor.

BEI DEN TOTEN

Schneider ging es beschissen, als er um 8.47 Uhr auf dem Parkplatz der Pathologie des UKE zum Stehen kam. Da ihm mal wieder alles scheißegal war, hatte er sich quer auf zwei Parkplätze gestellt, mit dem Blaulicht auf dem Dach würde ihn schon niemand abschleppen. Günzel hatte schon mehrfach versucht durchzurufen, aber er war nicht ran gegangen. Nein, er hatte bereits beim ersten Klingeln das Handy genommen und in den Beifahrerfußraum seines Wagens geschleudert, weil ihm von dem hohen Ton der Schädel dröhnte. Präziser gesagt, noch mehr dröhnte als sowieso schon von der Flasche Whisky, die er am Vorabend natürlich noch geleert hatte.

Günzel musste schon seit knapp einer halben Stunde auf dem Parkplatz stehen, denn er war stets „zehn Minuten vor der Zeit, ist des Preußen Pünktlichkeit" etwas vor der vereinbarten Zeit am Treffpunkt. Auch hatte er sich abgewöhnt bei Schneiders üblichen Verspätungen schon alleine mit der Arbeit zu beginnen. Schneider hatte ihn einmal richtig zusammengefaltet, was ihm denn einfiele sich ohne ihn, den ermittelnden Kommissar, Berichte vorstellen zu lassen.

Als Günzel vor sechs Jahren unter Schneider anfing, war dieser noch ein ganz anderer Mensch. Eine wahre Frohnatur, die stets einen flotten Spruch auf den Lippen hatte, viel von seinem Wohnmobil Projekt erzählte und höchstens etwas lauter wurde, wenn er im Radio hörte wie sein Verein wieder mal ein Spiel versemmelt hatte. Dann trennte sich Hella von Schneider und alles wurde anders. Alles wurde wie jetzt, als Schneider mit einer Mischung aus Alkoholfahne und Minzbonbon Günzel anblökte:

„Was für eine Scheiße, was stehen Sie hier rum? Lassen Sie uns reingehen!"

Ein weiß gefliester Raum, der genau so kalt wirkte, wie es die zwei mittig platzierten Edelstahl Untersuchungstische waren. Dr. Reimann stand mit einem grünen Kittel bekleidet mit dem Rücken zur Tür und war über einen Leichnam gebeugt. An der hinteren Wand waren mehrere große Türen in denen sich jeweils Gestelle mit vier ausziehbaren Leichentischen verbargen. Schneider und Günzel gingen den ihnen wohlbekannten langen Gang entlang. Der Geruch von Desinfektionsmittel lag in der Luft. Je näher sie dem Untersuchungsraum kamen, desto mehr drängte sich ein anderer Duft in ihre Nasen. Es war ein aufdringlicher, leicht stechender Geruch, ein Geruch der trotz gründlichster Reinigung mit den schärfsten Mitteln nie ganz verschwand und das obwohl Temperaturen wie in der Kühlabteilung eines Supermarktes herrschten. Schneider hatte dieses einzigartige Aroma bereits in jungen Jahren kennengelernt, als in der Zwischendecke unter seinem Zimmer eine Ratte verendet war, die etwas von dem Gift gefressen hatte, dass sein Vater verteilt hatte. Damals waren mehrere große Ratten über eine Öffnung im Mauerwerk ins Haus gelangt und trieben ihr Unwesen in den Holzzwischendecken und auf dem Dachboden. Den ganzen Sommer über stank es abscheulich in Schneiders Zimmer, so dass er jeden Abend mit weit offenem Fenster und einer Duftkerze schlief. Die Zwischendecke sollte wegen der Vertäfelung im Esszimmer unter ihm nicht geöffnet werden, egal wie oft Schneider es unter Protest bei seinem Vater eingefordert hatte.

Mit jedem Schritt wurde Günzel blasser. Schneider bemerkte dies und juchzte in sich hinein, doch als Günzel kurz vor der großen Doppeltür zu Dr. Reimanns Reich eine Dose Tigerbalm aus der Tasche zog und sich etwas davon unter die Nase schmierte, verflog Schneiders Schadenfreude. Kotzen würde er ihn auch heute nicht sehen. Wer hatte Günzel bloß diesen alten Trick verraten? Schneiders Laune hatte einen neuen Tiefpunkt erreicht, als sie den Untersuchungsraum betraten und hinter Dr. Reimann stehen blieben.

Dieser hantierte im Bauchraum einer weiblichen Leiche herum, murmelte mehrfach „Oh" und „Interessant", bis er sich schließlich nach einem Räuspern von Schneider umdrehte. Er zog sich den Mundschutz vom Gesicht und dann die blutverschmierten Latexhandschuhe aus und warf sie in einen Eimer neben der Untersuchungsliege.

„Ah, die Kommissare Schneider und Günzel, da sind Sie ja. Sie wollten einmal die Ergebnisse der rechtsmedizinischen Untersuchung durchgehen, richtig?"

„Ja klar, was denn sonst?", zischte Schneider.

„Vielen Dank, dass Sie sich die Zeit nehmen", fügte Günzel mildernd hinzu.

Reimann wies in Richtung einer der Schränke: „Kommen Sie, wir besprechen das ganze am besten direkt am Objekt."

Während Reimann die Tür öffnete, luscherte Günzel herüber zu der weiblichen Leiche, die noch auf dem Tisch im Raum lag. Der Körper war blass, die Frau sehr schlank und wohl Ende dreißig. Hinter dem glatt rasierten und sehr prominent hervorstechenden Venushügel konnte Günzel den offenen Bauchraum sehen. Nun wurde ihm trotz des Tigerbalm doch ein wenig übel. Schnell drehte er sich zu Reimann. Dieser hatte mittlerweile die dritte Bahre herausgezogen, auf der sich ein mit einem weißen Tuch abgedeckter Körper befand und an dessen Fußende eine Akte lag.

„So, meine Herren, dann fasse ich einmal zusammen", sagte Reimann, nahm mit einer Hand die Akte vom Tisch und zog mit der anderen das Laken weg.

Der Leichnam von Lidija sah erstaunlich unversehrt aus, eine große ypsilonförmige Narbe war auf ihrer Brust, auf dem Bauch sah man viele kleine rote

Einstiche, die aber durch das nicht mehr vorhandene Blut vieles von ihrem Schrecken verloren hatten.

„Ok, fangen wir hier oben an", sagte Dr. Reimann und zeigte auf einen großen dunklen Fleck auf der Stirn der Toten.

„Hier gab es kurz vor dem Tod ein stumpfes Trauma, mit Knochenabsplitterung im Bereich des Os Frontale."

„Aha", murmelte Schneider teilnahmslos.

Günzel schwieg.

„Moment, ich schaue mal eben nach, ah, nein, mein Assistent hat den Kopfschnitt schon vernäht, sonst könnte ich Ihnen das auch direkt zeigen."

„Nicht nötig."

„Ok, ok", wuselte Dr. Reimann, „dann fahre ich fort!"

Er zeigte auf die Einstichstellen am Bauch: „Hier fanden mehrere sehr stark durchgeführte Stiche mit einer Klinge statt, die unter anderem Darm, Leber, Milz, Blase und schließlich auch die Bauchaorta getroffen haben, was relativ schnell zum Tode geführt haben dürfte."

„Nicht schlecht, passt denn die Klinge zu dem Halsschnitt an dem Zellner?", fragte Schneider.

„Tja, Herr Kommissar, das ist eine sehr gute Frage. Anders als bei Schussverletzungen, bei denen das Projektil geborgen werden kann und man sehr genau feststellen kann, ob ein und dieselbe Waffe benutzt worden ist, sieht es bei Klingen anders aus. Zudem wurde ja bei dem anderen Opfer, wie der Laie sagen würde, die Kehle durchgeschnitten, also mit der langen Schnittfläche gearbeitet und hier handelt es sich um Stiche mit der Messerspitze."

„Na super", raunzte Schneider, „das hilft uns also mal so gar nicht weiter! Und wie sieht es mit DNA Spuren aus? Auf dem Bett im Hotel waren ja ein paar Spermaspuren wie es schien."

„Ich bin froh, dass Sie das Ansprechen. Wir haben in der Tat ein wenig Samenflüssigkeit an der rechten

Oberschenkelseite des Opfers gefunden, die Vagina hingegen war Spermafrei, allerdings haben wir etwas anderes in der Scheide gefunden."

Dr. Reimann machte eine bedeutungsschwere Pause.

„Was war es?", fragte Günzel interessiert.

„Ein Schlüsselbund, ganz tief bis vor die Gebärmutter geschoben", sagte Reimann triumphierend.

„Ein Schlüsselbund?", wunderte sich Schneider.

„Ja, das sieht man auch nicht alle Tage. Wie dem auch sei, bezüglich der DNA", wollte Reimann fortfahren, als plötzlich die Tür zum Untersuchungssaal aufgestoßen wurde.

SOKO 18

„Halt, Stop!", rief ein dürrer Mann im Trenchcoat, der von zwei kräftigen, glatzköpfigen Männern in billigen Anzügen begleitet wurde.

„Ab jetzt übernehmen wir die Ermittlung."

Schneider fing lauthals an zu lachen.

„Das soll wohl ein schlechter Scherz sein, wer sind Sie überhaupt?" Schneider musterte den Eindringling, sah die schütteren Haare auf dem blassen schmalen Kopf, die Seiten kahlrasiert.

„Berger, wir sind von der Sonderkommission *18* und ab jetzt stellen wir hier die Fragen."

Ungläubig legte Schneider seine Stirn in Falten.

„Da kann ja jeder kommen. Jetzt legitimieren Sie sich erstmal."

Berger zog seinen Dienstausweis aus der Innentasche seines Trenchcoats, dabei sah Schneider einen 44er Magnum Revolver in Stainless Steel mit Holzgriff in dem Holster aufblitzen, der an Bergers Flanke hing.

„So, bitte schön und jetzt ersuche ich Sie zu gehen."

Schneider schaute auf den Ausweis: Kriminalhauptkommissar. Er grübelte. Normalerweise wurden Sokos von Kriminaloberkommissaren geleitet, ein Hauptkommissar kam eigentlich nur bei besonderen Fällen in Betracht. Statt Auszurasten und zu Brüllen entschied sich Schneider diesmal für den geordneten Rückzug.

„Alles klar, kommen Sie Günzel, wir gehen."

Vor der Tür platzte es dann aus Schneider heraus, der arme Günzel bekam wie so häufig, es war ja sonst niemand da, die Tiraden ab:

„Was ist das für eine Scheiße? Wie kommt so ein Soko-Arschloch dazu mir meinen letzten Fall wegzunehmen? Das lasse ich mir nicht gefallen, das hat ein Nachspiel. Da wird mir Strunk Rede und Antwort stehen müssen, uns hier so abzuservieren, als seien wir irgendwelche unfähigen Idioten, die nicht in der Lage sind, einen Mord aufzuklären. Der Verdächtige ist ja schon identifiziert auf dem Video, die wollen doch nur noch die Lorbeeren einsammeln, jetzt wo die Hauptarbeit erledigt ist. So etwas habe ich ja noch nie erlebt. Und haben Sie die *Dirty Harry* Knarre von dem Typen gesehen, für wen hält der sich? *Rambo*? Ich glaube es hakt!", meckerte er, stieg in seinen Wagen und brauste davon.

Günzel blieb eine Weile stehen und machte Atemübungen zur Entspannung. Er hatte es satt, sich über Schneider aufzuregen und sich von der Anbrüllerei stressen zu lassen. Nach circa drei Minuten war sein Puls wieder auf einem normalen Level und er fuhr ebenfalls los.

Auf dem Revier war derweil bereits großer Radau. Schneider war erst bei Tanja Benz aufgeschlagen, um bezüglich der Schuhe des Verdächtigen den neuesten Stand zu erfragen, wurde von Benz jedoch mit Hinweis auf die Soko abgewiesen. Dann war Schneider bei Dienststellenleiter Strunk hereingestürmt, indem er in *Schimanski* Manier die Tür aufgetreten hatte.

Eine Weile hörte man Schneiders ausfälliges Geschrei, bis die Tür schließlich zugeknallt wurde und es plötzlich ganz leise war.

„Pass auf, Heinz, Du weißt, Du schuldest mir was!", flüsterte Schneider Strunk zu, offensiv weit über dessen Schreibtisch gelehnt.

„Das ist nicht Dein Ernst?!", erwiderte Strunk halb erstaunt, halb wütend.

„Doch, das ist mein Ernst, ich lasse mir doch so kurz vor der Pensionierung nicht meinen Fall wegnehmen. Ich will, dass Du mich in die Soko bringst. Ich will dabei sein, wenn wir den Täter fassen, ich will auch zu den Gewinnern gehören."

„Hör zu, Stefan, das kommt von ganz oben, ich kann da nichts ausrichten."

„Gut, dann kann ich aber nicht mehr dafür garantieren, dass *die Sache* nicht publik gemacht wird", sagte Schneider und wollte gerade das Büro verlassen, als Strunk ihm mit bebender Stimme zusagte, sich für Schneiders Eingliederung in die Soko stark zu machen: „Aber dass Du mir damit drohst, das hätte ich Dir nicht zugetraut."

„That's life!", erwiderte Schneider und verließ grinsend den Raum.

DIE REICHSBÜRGER

Da saßen Sie. In einem abgetrennten Hinterzimmer in der Taverna Costas, einem unscheinbaren griechischen Restaurant in irgendeiner Seitenstraße in einer Wolke voll Rauch. Ich hatte in den letzten Tagen unglaubliches Glück gehabt und konnte abends immer, von den Hausbewohnern unentdeckt, in die Gartenlaube schlüpfen, in der es auch eine Steckdose für das Aufladen von Monas Smartphone gab. Leider jedoch war die Funktionalität am dritten Tag plötzlich nicht mehr gegeben, vermutlich hatte Mona das Gerät sperren lassen. Dies machte aber nichts, denn ich hatte, aufgepusht von Dembas Zeug, fast einen ganzen Tag hochkonzentriert damit verbracht, mich weiter einzulesen in die moderne Welt, in Wikipedia, Google und Co. So erfuhr ich auch über das Containern, welches es mir ermöglichte, mir kostenlos Nahrung und auch Kleidung zu beschaffen. Lediglich die Körperpflege auf einer öffentlichen Toilette im Park behagte mir nicht, denn sonderlich hygienisch ging es dort nicht zu. Aber sei es drum.

Nun stand ich vor dieser Truppe älterer weißer Männer, die von sich selbst behaupteten die wahre Regierung des Deutschen Reiches zu stellen, welches aus ihrer Sicht nie wirklich kapituliert hatte. Die BRD war demnach nur eine GmbH und fremdgesteuert von *Skull & Bones*, den *Bilderbergern* oder auch dem *Großkapital*. Also genau die richtige, stinkblöde Klientel die ich mir zunutze machen konnte. Es gab scheinbar mehrere dieser Gruppierungen, die jede für sich beanspruchte den „Reichskanzler" zu stellen. Dabei war ja wohl der einzig wahre Reichkanzler und Führer eines wie auch immer gearteten Deutschen Reichs ich und nicht irgendwelche dahergelaufenen Spinner. Wie dem auch sei, einige dieser Gruppen agierten höchst geheimnisvoll und verschwörerisch und es war kaum möglich so mir nichts, dir nichts an diese heranzukommen. Ein langer Prozess des Vertrauensaufbaus war notwendig, um in persönlichen Kontakt zu treten. Bei der Truppe hier im Costas war dies anders. Es handelte sich um deren Stammtisch und Interessierte waren herzlich eingeladen, sich ein Bild zu machen.

Ich stand vor dem Schlitz der Schiebtür und hörte einen der alten weißen Männer über *freie Energie* referieren. Selten in meinem Leben hatte ich so viel Schwachsinn gehört. Von der Gruppe erntete der Mann jedoch Zustimmung. Immer wieder belehrte der Vortragende das Plenum mit einem eingestreuten „Muss man wissen!".

Mir wurde es zu bunt. Ich riss die Tür auf und betrat den Raum. Der Mann verstummte und alle Blicke waren auf mich gerichtet. Ich sah in die Runde und sah jedem Einzelnen tief in die Augen. Zu meiner Verwunderung war auch eine Frau dabei.

„Können... Können wir Ihnen helfen?", fragte der eben noch so selbstsicher Referierende verdutzt.

Wie üblich machte ich eine bedeutungsschwere Pause, um weiter Spannung aufzubauen. Mir war klar geworden, dass hier ein langsames, kriecherisches Vorgehen nicht von Nöten war, sondern volle Kraft voraus.

„Ja, das könnt ihr! Ihr könnt mir helfen das Deutsche Reich wieder auferstehen zu lassen und die illegitime Herrschaft des Unrechts in unserem Land zu beenden. Und wenn wir mit Deutschland fertig sind, dann nehmen wir uns Europa vor!"

Damit hatte wohl niemand gerechnet. Verwunderte Blicke. Dann lächelte ich:

„Ich bin Adolf, ich grüße euch. Darf ich mich setzen?", fragte ich und griff die Lehne eines leeren Stuhles.

„Äh, ja, bitte.", sagte der Referent.

„Super", erwiderte ich und setzte mich, die volle Aufmerksamkeit auf mich gerichtet.

„Dann würde ich euch einmal um Vorstellung bitten: Name, Alter, Beruf!", befahl ich und was soll ich sagen, meine zukünftigen Lakaien folgten.

„Ich bin Klaus, 52 Jahre alt, Dachdeckermeister im Vorruhestand."

„Heinz, 56 Jahre alt, Privatier und Reichsminister für Finanzen."

„Günther, 50 Jahre alt, KFZ-Mechaniker und Schriftführer der Reichsregierung."

„Susanne, über Alter spricht man nicht", sagte die durchaus attraktive Frau die ich auf Mitte Ende Vierzig schätzte mit einem Lächeln, „und ich arbeite in der Personalabteilung eines Versicherungsunternehmens."

„Dieter, 64 Jahre alt, Inhaber eines Car-Hifi-Unternehmens, gelernter Elektriker."

Als letztes sprach dann der vormals Vortragende:

„Wilhelm, wie unser Kaiser, ich bin 60 Jahre alt, Buchhändler, zweiter Vorsitzender im Schützenverein und, und das ist das entscheidende, Reichskanzler des Deutschen Reichs."

Wilhelm sah durchaus sympathisch aus: er war adrett gekleidet und hatte graues volles Haar und stahlblaue Augen. Ich konnte verstehen, dass die anderen in ihm ein Vorbild sahen, denn, bis auf Susanne, waren es gegerbte und zu schnell gealterte Persönlichkeiten, die man auf dem Bau, aber nicht in einer subversiven Vereinigung vermuten würde.

„Adolf, Sie platzen hier herein, wollen das Deutsche Reich retten und so weiter, aber so läuft das hier nicht."

Wilhelm versuchte wohl die Kontrolle zurück zu erlangen, die ihm durch meinen Auftritt so leicht entglitten war.

„Und wieso nicht?", fragte ich mit hart und klar ausgesprochenen Worten.

„Na ja, äh, weil hier neue Anwärter erst ein paar Mal erscheinen müssen, damit wir sie besser einschätzen können. Das ist ja kein Verein, wo man einfach einen

Mitgliedsantrag...", versuchte Wilhelm zu erklären, als ich ihm ins Wort fiel:

„Zeitverschwendung! Es ist doch längst fünf vor zwölf für Deutschland!", sagte ich.

„Ja, aber wie können wir wissen, dass Du zum Beispiel nicht vom Verfassungsschutz bist, seit dem Zwischenfall mit dem Polizisten sind wir Reichsbürger ja auf der Abschussliste?", fragte Wilhelm nun defensiv, Heinz nickte zustimmend.

„Verfassungsschutz? Allein der Name ist ja der blanke Hohn. Grundgesetz, von den Siegermächten diktiert. Eine Verfassung müsste sich das Volk erst einmal geben, aber in dieser GmbH wird das nie passieren!", warf ich ein paar angelesene Floskeln in den Raum, die jedoch durchaus für Überzeugung sorgten.

„Genau", stimmte mir Dieter zu, der sich zu seinen Gyros scheinbar schon ein Bier zu viel gegönnt hatte. Wilhelm schwieg.

„Passt auf, Kameraden, das ist ja alles ganz nett hier mit eurer Reichsregierung, aber wie lange gibt es euch jetzt schon?"

„Fünf Jahre", sagte Heinz.

„Fünf Jahre!", rief ich bestürzt. „In fünf Jahren hatte ich, äh, Hitler ganz Europa erobert und ihr sitzt hier, vollgefressen und mit Phantastereien über freie Energie und ändert damit was? Genau, gar nichts!"

Betretenes Schweigen. Plötzlich schauten die Mannen verstohlen auf den Tisch, statt mir in die Augen.

„Was seid ihr für eine Truppe? Wie viele Leute gibt es, wie sieht es mit der Jugend aus? Ich sehe hier nur träge alte Männer und, immerhin und zu meiner Freude, eine junge Frau."

Ich sah zu Susanne und zwinkerte ihr zu. Sie lächelte verstohlen, wandte dann aber den Blick wieder ab.

„Das hier ist der innere Kreis, es gibt noch Hartmut, aber der liegt im Krankenhaus und kommt vermutlich nicht wieder und Jascha, der ist erst 30 und bei mir angestellt", sagte Dieter.

„Mehr seid ihr nicht?", fragte ich.

„Mehr sind wir nicht", bestätigte Wilhelm. „Uns ist auch klar, dass wir mehr Mitglieder und vor allem die Jugend benötigen, aber mit der allgegenwärtigen Propaganda ist es gar nicht so leicht neue Mitstreiter zu finden. Es gab letztes Jahr lockere Gespräche mit den *Identitären*, aber irgendwie sind wir mit denen nicht auf einen Nenner gekommen."

„Deren Aktionen finden wir nämlich richtig gut, schön öffentlichkeitswirksam!", ergänzte Susanne.

Über die *Identitären* hatte ich auch bei der Recherche im Dunstkreis der *Neuen Rechten* gelesen. Mehr als diese kleine Gruppe stand somit vorerst nicht zur Verfügung. So musste sich der Volkssturm gefühlt haben, Kinder und Greise die sich der anrückenden roten Armee in den Weg stellen sollten und das oft mit Munition die nicht in die ausgehändigten Gewehre passte, so denn man überhaupt noch eine Waffe in die Hand gedrückt bekommen hatte. Ein aussichtsloses Unterfangen gegen einen übermächtigen Feind. Aber Aufgeben war keine Option.

„Ihr wollt, dass es richtig knallt?"

„Na ja, was heißt knallen? Von Gewalt halten wir hier nicht so viel!", sagte Wilhelm.

„Wer redet denn von Gewalt?", fragte ich und fuhr fort: „Wir sind ja nicht viele, aber wir haben alle etwas auf dem Kasten und ich habe eine richtig gute Idee, wie wir Aufmerksamkeit erregen können und gleichzeitig ein Zeichen setzen. Ein Zeichen setzen, dass wir die aktuellen Zustände nicht länger tolerieren und ein Zeichen, dass das Deutsche Reich nicht tot ist!"

„Und was genau soll das sein?", fragte Klaus.

„Kennt ihr das Sowjetische Ehrenmal im Treptower Park?"

Die Runde nickte.

„Wir sprengen es!", sagte ich ernst.

Dieter musste prusten, aber als er meinen Blick und meine versteinerte Miene sah, wurde ihm und den anderen klar, dass ich es ernst meinte. Zögerlich fing eine Diskussion an.

„Das ist ja eher ein Symbol der Befreiung von den Nazis!"

„Aber besetzt haben sie uns."

„Richtig, der Boden ist ja das Deutsche Reich, egal ob da die Nazis oder jetzt die BRD GmbH regiert."

„Das wäre schon heftig."

„Das würde auf jeden Fall durch die Presse gehen!"

„Aber wie verbinden wir das mit unserem Anliegen?"

Abgeneigt waren meine kleinen Reichsbürger nicht.

„Kameraden", sagte ich, „es gibt doch heute so etwas wie das Internet. Da können wir doch ohne Probleme ein Bekennerschreiben veröffentlichen und unsere Forderungen nach der Wiedereinsetzung der Reichsregierung publik machen."

Gemurmel. Dann sagte Susanne: „Aber das muss perfekt geplant sein!"

„Und wir dürfen nicht erwischt werden", ergänzte Klaus.

Wilhelm war noch am Zweifeln: „Ich weiß nicht so recht."

„Aber Adolf hat Recht, was haben wir denn bisher erreicht, außer uns schöne Dokumente zu drucken und ein paar Aufsätze auf unserer Website zu veröffentlichen, die kaum einer liest?", schob Dieter merklich angeheitert und aufgehetzt ein. Klaus, Heinz, Günter und Susanne stimmten zu.

„Ist das nicht ein wenig extrem?", fragte Wilhelm.

„Wir passen schon auf, dass niemand zu Schaden kommt. Außer der Stein-Iwan natürlich!", beschwichtigte ich.

„Ok, aber Susanne hat Recht. Das muss perfekt geplant sein!", lenkte Wilhelm schließlich ein.

Die Gruppe hatte angebissen. Das Feuer war entfacht.
„Wir benötigen ein Hauptquartier!", sagte ich und flüsterte: „Eins, das nicht so öffentlich ist wie hier."
Dann mit normaler Stimme: „Gibt es das schon oder fällt euch etwas ein?"
Wilhelm schlug seinen Keller vor, aber ich wollte mich ungern wieder wie in einem Bunker fühlen. Eine Anmietung, wie Susanne sie einwarf, war dem Reichsminister für Finanzen zu teuer, wobei die *Kriegskasse* der Gruppe wohl üppig gefüllt war. Schließlich bot Dieter einen Raum in seiner Hifi-Werkstatt im Gewerbegebiet an, der uns allen geeignet erschien. Da wir uns eh erst nach Feierabend treffen würden, würden wir dort von niemandem gestört werden, zudem war in dem Industriegebiet nach 19 Uhr wohl „Tote Hose", versicherte uns Dieter.
„Perfekt!", beschlossen wir einstimmig. Den restlichen Abend wollten wir dann nur noch genießen und ich gönnte mir noch einen kleinen Salat und ein stilles Wasser. Als sich die Runde in Auflösung befand, zog ich Dieter an die Seite und fragte ihn, ob in seinem Objekt auch noch eine kleine Nische für mich vorhanden sei. Ob es der Alkohol war oder doch meine Manipulationsfähigkeit weiß ich nicht, aber es war überhaupt kein Problem. Sogar den Sanitärbereich und die Teeküche seiner Angestellten würde ich zukünftig nutzen können. Noch am gleichen Abend holte ich mein Hab und Gut aus der Laube und traf Dieter an der von ihm genannten Adresse. Er hatte sogar eine Campingliege und eine Decke von Zuhause besorgt und hinter dem letzten Regal im Lager für mich aufgestellt. Wir plauderten noch ein wenig und ich konnte deutlich einen kleinen Faschisten in ihm erkennen. Am Ende gab er mir sogar einen eigenen Schlüssel.
Wie dumm konnte man eigentlich sein?

REISE REISE

A24. Stau. Kurzer hinter der Autobahnabfahrt Suckow. Schneider saß zusammen mit einem der beiden Soko 18 Beamten, deren Namen er sich nicht merken konnte oder wollte im Fond eines schwarzen Mercedes Vito Vans mit getönten Scheiben. Strunk hatte sich gezwungenermaßen dafür eingesetzt, ihn und Günzel als Ermittlerteam mit in die Soko aufzunehmen. Der andere Beamte fuhr den Wagen, Berger saß vorne auf dem Beifahrersitz und scannte die Landschaft nach Vögeln ab. Auf der bisherigen Fahrt hatte er immer wieder auf Mäusebussarde, Turmfalken oder auch Graureiher aufmerksam gemacht, die er am Himmel oder auf Pfählen am Fahrbahnrad ausgemacht hatte.

„Was für ein Freak", dachte Schneider, der für Vögel und Tiere allgemein nicht viel übrig hatte, außer sie landeten als medium-rare Steak auf seinem Teller.

In Hamburg hatte Berger Pille und Kalle noch einmal auf das Revier bringen lassen und nach allen Regeln der Verhörkunst auseinander genommen. Es kam aber nichts Neues dabei heraus. Die DNA-Analyse aus den Spermaspuren brachte keinen Treffer, Fingerabdrücke gab es im Hotel und dem anderen Tatort zu viele und auch die Schuhe hinter die sich Tanja Benz geklemmt hatte, brachten wenig Aufschlussreiches. Es konnte recherchiert werden, dass ein größerer Posten dieser Schuhe von einem Großhändler importiert worden war, der kurze Zeit später Pleite ging. Im Rahmen der Masseverwertung im Insolvenzverfahren wurde der Großposten aufgeteilt und versteigert, der damalige Insolvenzverwalter hatte versprochen die Unterlagen zu den Käufern baldmöglichst beizubringen. Berger hatte eine Frist bis Morgen gesetzt und gedroht, den ganzen Laden auf den Kopf stellen zu lassen, wenn die

Unterlagen nicht bis 8.00 Uhr morgens bei Tanja Benz zur Auswertung auf dem Tisch liegen würden. Benz war als Backup für die Soko in Hamburg geblieben, ebenso wie Günzel der mit Magen-Darm im Bett lag und sofort nach Genesung nach Berlin reisen sollte.

Die heißeste Spur bestand auf Basis von Überwachungskameraaufnahmen aus dem Hotel und dem Bahnhof. Von Mona B. fehlte jede Spur, sie war bei den bekannten Verbindungen im Punkermilieu nicht auffindbar. Der unbekannte hagere Mann jedoch, der mit der Jacke von Zecki das Hotel Phoenix kurz nach dem Mord an Lidija Kovic verließ, konnte auf mehreren Videoaufnahmen im Hamburger Hauptbahnhof und schließlich auch auf dem Berliner Hauptbahnhof identifiziert werden. Sein Weg verlor sich dann jedoch, nachdem er noch auf einer Aufnahme am Brandenburger Tor von den Berliner Kollegen gesichtet wurde, denen man bereits vor zwei Tagen Fotos des Verdächtigen hatte zukommen lassen. Da die Indizienlage nicht eindeutig war, es gab ja noch die Verbindung von Mona zu dem ersten Opfer, hatte Berger bei der Staatsanwaltschaft einen Antrag zur Öffentlichkeitsfahndung nach Mona und dem bis dato unbekannten Mann gestellt, dessen Genehmigung minütlich erwartet wurde.

Für Schneider stand fest, dass der Mann der Täter war, wieso sonst sollte er unter falschem Namen agieren, wieso sonst sollte er ausgerechnet das Zimmer gemietet haben, in dem die Putzfrau erstochen worden war und wieso sonst trug er die Jacke des ersten Opfers. Berger hingegen sprach von „schwerwiegenden Indizien", wollte sich aber noch nicht final festlegen, ob der Mann alleine gehandelt hatte oder er irgendwie mit Mona unter einer Decke steckte.

„Was ist ihr Plan für Berlin?", fragte Schneider Berger. Dieser drehte sich zu ihm um und erwiderte: „Wir schauen erst einmal bei den Kollegen im Revier vorbei, dann sichten wir das Videomaterial und gehen die ermittelte Strecke nach, in der Hoffnung Rückschlüsse auf seinen Aufenthalt ziehen zu können."

„Das hätten doch auch die Kollegen vor Ort machen können, oder nicht?", raunzte Schneider.

„Schneider, das können wir doch nicht den Fußsoldaten überlassen. Wir müssen uns schon ein eigenes Bild machen, wir müssen uns in den Verdächtigen hineinversetzen, vor Ort verstehen warum er dort hingegangen ist, wo er hingegangen ist. Denken wie er, fühlen wie er, antizipieren was er wohl als nächstes getan hat. Ich denke wenn wir das alles gesehen haben, dann können wir auch ein Profil erstellen, von dem wir abspringen und weiter ermitteln."

„Hmpf", grunzte Schneider und war froh, als der Verkehr langsam wieder ins fließen kam. Berger hörte nun auf in die Landschaft zu starren und las in einem vollgekritzelten Notizbuch.

„Ich muss mal pissen", rief Schneider und freute sich drauf, an der nächsten Raststätte unbemerkt seinen Flachmann leeren zu können.

„Ich hab' Hunger", warf einer der anderen Beamten ein. „Also schön", sagte Berger, ließ den Fahrer dann aber erst gut eine Stunde später bei Fehrbellin auf den Rastplatz abbiegen, nachdem Schneider lauthals protestiert und gedroht hatte, sich gleich in den Wagen zu erleichtern.

Der Van war noch nicht richtig zum Stehen gekommen, als Schneider schon die Tür öffnete und heraussprang. Schnellen Schrittes lief er in die Raststätte zu den Toiletten. Deren Benutzung sollte 50 Cent kosten, Schneider zeigte seine Dienstmarke und behauptete er würde einen Verdächtigen verfolgen. Dann schloss er sich in eine Kabine ein und entleerte seine randvolle Blase. Ihm war schon seit einer Weile aufgefallen, dass sein Strahl an Kraft verloren hatte. Der bernsteinfarbene Urin schäumte in der Schüssel. Dann merkte er, dass auch ein großes Geschäft anstand. Er zog die Hose in die Kniekehlen, drehte sich um und hockte sich über das WC, ohne jedoch etwas zu berühren. Er machte ein paar kleine Schritte nach vorne, so dass sein Arschloch nun direkt über dem vorderen Rand der Klobrille war und drückte ab. Fein säuberlich legte er seine Wurst auf die Klobrille. Er wischte sich ab, warf das Papier in das Becken, spülte aber nicht. Dann nahm er seinen Flachmann aus der Innentasche, exte den Whisky und warf noch zwei Pfefferminzpastillen ein, um den Geruch zu überdecken. Beim Rausgehen legte er dem Klomann nun doch die 50 Cent auf den Teller und verabschiedete sich mit den Worten:

„Code Brown in Kabine 2."

IM FÜHRERHAUPTQUARTIER

Die erste Nacht in meinem neuen Heim war herrlich.
Dieter hatte nicht zu viel versprochen, es herrschte
Totenstille. Ich war bereits sehr früh aufgewacht und
hatte mich nach dem Frischmachen mit einer Tasse
Kaffee und meiner Decke bewaffnet hinter das Gebäude auf einen Klappstuhl gesetzt. Das Grundstück von
Dieters Werkstatt lag am Rande des Gewerbegebiets
und war mit einer dichten Hecke eingefriedet worden,
die kleine Rasenfläche wurde gleich morgens von den
ersten Strahlen der aufgehenden Sonne geküsst. Auf-
steigende Feuchtigkeit legte das Grün in einen Grau-
schleier. Ich nahm einen Schluck Kaffee, schloss die
Augen und genoss die wohlige Wärme in mir und um
mich herum. Ich hätte ewig hier sitzen können, aber es
gab zu viel zu tun. Für heute Abend hatten wir bereits
das erste Treffen im Hauptquartier vereinbart und ich
hatte versprochen, beim Einrichten der Kommandozentrale zu helfen.
Kurz vor acht Uhr hörte ich, wie das große Rolltor der
Werkstatt hochgefahren wurde. Ich ging durch den
Hintereingang ins Lager und öffnete die Verbindungs-
tür zur Halle einen Spalt. Dort sah ich Dieter und einen
kleinen und sehr übergewichtigen jungen Kerl die Vorbereitungen für den Tag treffen. Ich trat heraus und
Dieter grüßte mich überschwänglich.
„Hey, Adolf, wie war Deine erste Nacht hier, hast Du
gut geschlafen?"
„Es war traumhaft, Dieter, ganz wunderbar", erwiderte
ich.
„Das hier ist übrigens Jascha, Du weißt, auch Reichsbürger. Ich habe ihn schon in unsere Pläne eingeweiht", sagte Dieter.

Ich hielt Jascha, der mich mit seinem Schweinsgesicht unweigerlich an Hermann erinnnerte, die Hand hin: „Und, Jascha, was sagst Du zu unserem Plan?"

Jascha schüttelte mir weich und feucht die Hand: „Voll krass, richtig geiler Plan. Das kommt auf allen Kanälen!"

Dieter hatte gute Arbeit geleistet, der Junge schien hochmotiviert. Ich hoffte, er würde auch die nötige Disziplin an den Tag legen, beim Essen schien ihm diese nämlich zu fehlen.

„Pass auf, Adolf, im Moment ist nicht viel los bei uns und Pjotr, mein zweiter Mitarbeiter ist gerade im Urlaub. Heute kommt nur ein Wagen rein, um den kümmert sich Jascha und wir können hinten loslegen mit dem Einrichten unseres *War Rooms*", freute sich Dieter.

Ich hasste die vielen englischen Wörter in dieser für mich neuen Zeit, ließ mir aber nichts anmerken und ging mit Dieter ans Werk. Der Raum war leider nicht sonderlich groß, hatte aber zumindest ein schmales Fensterband in zwei Metern Höhe, welches Tageslicht herein ließ. Trotzdem fühlte ich mich wie in meinen letzten Lebenstagen im Bunker. Zuerst räumten Dieter und ich den wenigen Krempel heraus, fegten durch und standen vor unserem besenreinen Werk.

„Ok, Adolf, was meinst Du brauchen wir hier?"

Ich ging im Geiste durch:

„Wir brauchen einen großen Tisch, auf dem wir zusammen arbeiten können und am besten noch ein, zwei kleine Tische am Rand, an dem separate Aufgaben erledigt werden. Weiterhin genügend und vor allem bequeme Stühle, wobei ich am großen Tisch am liebsten stehe wenn ich die Truppen bew... äh, also wenn ich mit Karten arbeite. Und sehr wichtig auch gutes Licht. Werkzeug hast Du ja einiges in Deiner Halle, ich denke, da können wir uns doch ad hoc bedienen, wenn etwas beim Bombenbau benötigt wird, oder?"

„Ja, klar!", sagte Dieter. „Und wie sieht es mit einem Computer aus?"

In dem Moment kam Jascha herein.

„Computer ja, aber offline."

„Offline?", fragte ich.

„Ja, wir können hier ja wohl schlecht nach Bombenplänen googeln, oder?"

„Aber google maps wäre doch in Ordnung, wir müssen einfach aufpassen, nur Unkritisches zu suchen", warf Dieter ein.

„Mmh, ja, stimmt. Und ein 3D-Drucker wäre gut. Und eine Lupe mit Beleuchtung, Handschuhe, Atemschutz, wir wissen ja noch nicht womit wir hantieren."

Ich war erstaunt, dass sich der Junge hier so selbstbewusst und proaktiv einbrachte. Vielleicht hatte ich ihn auf Grund seiner Statur falsch eingeschätzt.

„Das klingt nach Baumarkt, Elektromarkt und IKEA", sagte Dieter, „für die Möbel müssen wir wohl mehrmals fahren oder wir leihen einen Hänger."

„Wir sollten eine Liste machen", sagte ich, „und wie sieht es mit der Bezahlung aus?"

„Heinz hat gestern gesagt, wir hätten zwei, drei Tausend Euro zur Verfügung, die kann ich erstmal vorstrecken."

„Aber wir sollten in bar zahlen", rief Jascha. „Leider kommt gleich der Kunde, ich kann euch daher erst später unter die Arme greifen."

„Ich bräuchte auch noch ein neues Smartphone, mein altes wurde mir leider gerade gestohlen", sagte ich und sah zu Dieter. „Auch mein Portemonnaie wurde mir entwendet und es wird eine Weile dauern, bis ich wieder flüssig bin."

„Kein Ding", sagte er, „wir kriegen das schon hin." Dabei zwinkerte er mir zu.

Nachdem wir die Liste erstellt und noch einmal geprüft hatten, stiegen wir in Dieters Auto.

Es war, wie Dieter mir begeistert und mehrfach erzählte ein „nicht tot zu kriegender" Volvo Kombi, Diesel-
aggregat mit annähernd 350.000 Kilometern auf der
Uhr. Passend zur Herkunft des Wagens fuhren wir zu
einem schwedischen Möbelhaus in Berlin Waltersdorf,
weil Dieter meinte, da sei bei späterer Ankunft zu viel
los.
Ich war beeindruckt ob der Größe dieses Kaufhauses,
stellte aber bei näherer Betrachtung vieler Waren deren
mindere Qualität fest. Eiche massiv und Nussbaum
musste man lange suchen. Der Laden war geschickt
aufgebaut, man war gezwungen, wenn man erst einmal
hinein geraten war, durch das gesamte Sortiment zu
gehen, um wieder heraus zu kommen. Wir sahen uns
diverse Tische, Stühle und Lampen an und konnten
alle Punkte der Kategorien Möbel und Beleuchtung auf
unserer Liste abhaken. Zusätzlich besorgte ich auch
noch für meine „Unterkunft" ein paar Kleinigkeiten,
wie Badutensilien, eine kleine Klemmlampe zum Lesen
und ein Kissen. Da sowohl Dieter als auch mich der
Hunger plagte, genossen wir ein ausgesprochen gutes
und günstiges Mittagessen in dem Möbelhauseigenen
Restaurant. Dieter fing an, mir von seiner Ausbildung
als Elektriker zu erzählen und von den „goldenen
Zeiten", als er seine eigene Car-Hifi-Firma eröffnete.
„Heutzutage ist es schwer, Adolf, die Leute kaufen sich
ihre Radios und Boxen im Internet und bauen das Zeug
dann mit Hilfe von Youtube-Tutorials selber ein."
„Mmh, verstehe", murmelte ich während ich mir das
Essen hinein schaufelte. Dann konnte ich ihm nicht
mehr folgen, denn gerade war an unserem Tisch eine
Frau mit extrem enger Hose vorbeigegangen, in der
sich ihr praller Apfelarsch detailgetreu abzeichnete. Als
sie sich dann auch noch bückte, um ihren IKEA-Blei-
stift aufzuheben, lief die Maschine zwischen meinen
Beinen zu Hochtouren auf. Der verdammte Trieb war
zurück. Mein Gesicht lief rot an, ich fing an zu

schwitzen. Unauffällig versuchte ich mit der linken Hand an mir zu reiben. Ich glaubte, mein mittlerweile am Kavaliersschmerz leidendes Ei würde jeden Moment platzen. Meine Atmung wurde schwerer, die rechte Hand mit der Gabel ließ ich zitternd sinken, so dass sie am Teller leise anfing zu klopfen. Plötzlich schnippte Dieter mit seinen Fingern vor meinen Augen und riss mich aus der unerbittlichen Geilheit.

„Adolf, hey, geht's Dir gut?", fragte er besorgt.

„Ah, ja, tut mir leid, ich hatte gerade etwas Sodbrennen, da wird mir immer ganz anders", log ich und versuchte durch gleichmäßiges Atmen den Puls wieder auf ein normales Level zu bringen.

Das Anwichsen hatte seinen bösen Dienst verrichtet, ich konnte nur noch an das Eine denken. Hinzu kam eine schwerer werdende Müdigkeit, die mich nach Dembas Meth fiebern ließ. Eine ganz schlechte Kombi für meinen Gemütszustand. Ich musste mich zusammenreißen, verdammt.

Es ging hier ja auch nicht um meine niedersten Instinkte, es ging hier schließlich um Deutschland. Deutschland, Deutschland und nur Deutschland!

Gierig trank ich mein Glas stilles Wasser und verschwand dann auf der Toilette. In einer der Kabinen ließ ich den Druck ab, vorerst. Anders war es einfach nicht auszuhalten. Zurück am Tisch gönnten Dieter und ich uns noch einen Kaffee, der meine Müdigkeit zumindest kurzfristig zu unterdrücken vermochte. Im Untergeschoß begann dann der Wahn-sinn. Aus zig unterschiedlichen Regalen holten wir die Kartons mit großem Tisch, zwei kleinen Tischen, den Stühlen und zwei zusätzlichen Holzhockern. Trotz der großen Anzahl offener Kassen, hatte sich hinter jeder von ihnen eine lange Schlange gebildet. Nach 20 Mi-nuten waren wir endlich dran und verließen mit zwei Einkaufswagen den Laden. Wir bekamen tatsächlich alles in den Volvo, ich hatte es Dieter nicht glauben wollen. Zurück in seiner Werkstatt half uns Jascha beim Entladen und versprach, da das Kundenfahrzeug schon fertig war, die Möbel aufzubauen, während wir zur zweiten Einkaufstour aufbrachen. Der angesteuerte Baumarkt war zwar kleiner als das Möbelgeschäft, aber immer noch riesig. Zumindest im Vergleich zu den Läden die ich von früher kannte. Es wirkte auf mich wie eine Schiffswerft, so groß war die Halle in der Regalzeilen über Regalzeilen mit Ware darauf warteten, von den Kunden leer gekauft zu werden.

Wir besorgten hier allerdings vorerst nur ein paar Kleinigkeiten: Atemschutzmasken, Handschuhe und zwei Feinmechanikerlupen mit Beleuchtung. Es sollte hier aber nicht unser letzter Einkauf gewesen sein. Da wir im Wagen noch Platz hatten ging es direkt zum Elektronikfachmarkt und auch hier wurde ich von einer Masse an Waren erschlagen, die mich realisieren ließ, dass das Deutsche Volk vollkommen der turbo-kapitalistischen Konsumsucht verfallen sein musste. Billige Lohn- und Arbeitssklaven die mit modernen Fernsehbrot und -spielen ruhig gehalten wurden. Ok, ich gebe zu, dass hatte ich bei der Recherche mit Monas Smartphone in meiner rechten *Bubble* aufgeschnappt.

Apropos Smartphone. Dieter kaufte mir ein soge-nanntes Prepaid gerät und lud es direkt mit 100,- Euro Guthaben auf. Angemeldet wurde es auf seinen Namen, denn mir wurde ja die Geldbörse gestohlen. Den 3D-Drucker kauften wir noch nicht, da die Geräte sehr teuer waren und wir ja noch nicht genau die Anforderungen kannten, die unsere Bomben hatten. Dafür nahmen wir zwei Laptops, diverse Kabelage und einen 55-Zoll-Flachbildfernseher aus dem Sonderan-gebot sowie einen Festplattenrekorder mit. Wir wollten schließlich die Reaktionen auf unsere Aktion später im Fernsehen verfolgen können. Schnell noch die passen-de Wandhalterung und ab durch die Kasse.

Gegen 17 Uhr kamen wir wieder bei Dieter an und mussten uns jetzt sputen, wenn bis zum Treffen um 20 Uhr alles fertig werden sollte. Jascha war gerade mit dem letzten Stuhl fertig geworden und begann sogleich nach kurzer Rücksprache mit uns die Wandhalterung für den Flatscreen anzubringen. Dieter packte die Laptops aus und ich schob Tische und Stühle im Raum an die Plätze, die ich geistig bereits am Morgen für sie auserkoren hatte. Als kurz vor 20 Uhr dann der Rest der Truppe erschien, war der Tisch gedeckt mit frisch gebrühtem Kaffee. Alle waren beeindruckt, was wir hier in so kurzer Zeit auf die Beine gestellt hatten und beglückwünschten uns mit freudigen Handschlägen, Susanne umarmte mich sogar und das auch noch ungewöhnlich lange. Ich konnte ihr dezentes Parfum riechen. Mir fiel wieder auf, wie sexy sie doch war, sie hatte sich scheinbar extra herausgeputzt, trug einen engen knielangen Rock mit hohen Schuhen und einer Seidenbluse, durch die sich ihr Bustier abzeichnete. Ich spürte wie die Erregung in mir aufsteigen wollte, doch diesmal musste ich hart bleiben und mich, vorerst zumindest, auf das Wesentliche konzentrieren.

„Seht ihr", fragte ich, „wozu man mit eisernem Willen in der Lage ist?" Die Doppeldeutigkeit in diesem Moment war nur mir bewusst. Alle setzten sich und auf dem Fernseher startete die Tagesschau. Wir sahen uns die Sendung an, immer wieder wurde lauthals gelacht oder das Wort „Lüge" in den Raum geworfen. Besonders Klaus und Heinz taten sich hierbei hervor. Wilhelm wollte sich wohl an dem Abend nicht lumpen lassen und sich auch ein Stück weit das Wohlwollen seiner *Bürger* zurück erkaufen und holte einen Kasten Bier und sechs Flaschen Rotwein herein. Ich sagte sowohl zum Bier, als auch zum Wein nein, was zu allgemeiner Verwunderung führte.

„Ich trinke schon seit Jahren keinen Alkohol, das vernebelt nur die Sinne. Aber ich verurteile es nicht wenn ihr trinkt und schließlich haben wir heute auch etwas zu feiern!"

Wir besprachen die nächsten Schritte unseres Vorhabens und mit jeder Stunde wurde die Stimmung ausgelassener. Günther, der als Reichsschriftführer Notizen machen sollte, kam kaum noch hinterher. Als Wilhelm den Raum verließ, um sich zu erleichtern, setzte sich Susanne neben mich. Sie stieß mich an und sagte angeheitert: „Ach komm', Adolf, ein Gläschen Wein auf uns und unseren Plan kann doch nicht schaden, oder?"

Ich betrachtete das Glas, das sie mir unter die Nase hielt.

„Komm schon", lallte Dieter von der anderen Tischseite.

„Ach, was soll's", rief ich und nippte an dem Glas. Aromen von Stachelbeere, Kirsche und Orchideen explodierten in meinem Mund. Ehe ich mich versah, war das Glas leer und alsbald auch die erste Flasche. Jascha drehte derweil seine Boom Box richtig laut auf und wir waren alle noch richtig steil gegangen. Trotzdem war ich froh, als sich die Truppe gegen 23.30 Uhr auf den Weg machte, denn bei mir hatte ein unangenehmes Drehen im Kopf eingesetzt und ich wollte nur noch ins Bett. Nach einem großen Glas Wasser und dem frischen Minzgeschmack meiner Zahnpasta ging es dann aber schon besser. Ich war gerade im Begriff mich hinzulegen, als es leise an der Hintertür klopfte. Ich zog mein Messer unter dem Kopfkissen hervor und ging langsam zur Tür.

„Wer ist da?", rief ich, als ich mich taktisch günstig mit dem Messer in der Hand neben der Tür positioniert hatte.

„Susanne", hörte ich die mir wohlbekannte Stimme durch das Metall klingen.

Vorsichtig öffnete ich die Tür.

„Kann ich reinkommen?", fragte sie mich mit Dackelblick.

„Ja, natürlich", erwiderte ich, obwohl es mir eigentlich nicht passte. Als sie sich schnell an mir vorbeischob und hereinschlüpfte, meinte ich hinter der Hecke einen Schatten weghuschen zu sehen.

„Danke!", sagte sie, ging in das Lager und schaute sich um.

„Ist alles ok?", fragte ich sie mit gespielter Sorge.

„Ja, ja", überspielte sie die Frage und fügte an: „Hier schläfst Du also?" Sie nickte Richtung Liege.

„Ja", erwiderte ich. „Kann ich Dir einen Kaffee anbieten?"

„Nein, danke. Können wir uns einfach setzen und unterhalten?" Wieder blickte sie in meine Schlafecke.

„Sicher", sagte ich. Wir setzten uns. Susannes Oberschenkel berührte mich.

„Ist wirklich alles in Ordnung?"

Susanne stockte. „Na ja", fing sie an zu drucksen.

„Geht es um unseren Plan?"

„Nein, nein, der Plan ist super. Es ist nur..." Sie sprach nicht weiter.

„Es ist nur was? Du kannst es mir ruhig sagen!", versuchte ich sie zu beruhigen.

Schließlich rückte sie mit der Sprache heraus: „Ich will nicht nach Hause."

„Wieso?", fragte ich.

„Mein Mann", sagte sie, „es läuft nicht mehr so zwischen uns." Jetzt schoss es aus ihr heraus.

„Er hält nichts vom Reichsbürgertum, was ich ja noch verkraften könnte, aber was noch viel schlimmer ist: In letzter Zeit fasst er mich auch nicht mehr an."

Dann füllten sich ihre Augen mit Tränen und sie schluchzte: „Bin ich denn so hässlich?"

Ich blickte sie an: „Ich finde Dich sehr attraktiv, Susanne." Das war keine Lüge. Es regte sich etwas bei mir. Diese Frau, die sich sehr gut gehalten hatte und mit einer Top Figur aufreizend neben mir saß, hatte das Tier in mir geweckt. Mit großen nassen Kulleraugen sah sie mich an: „Wirklich?"

Bevor ich ja sagen konnte, pressten sich ihre Lippen auf meine. Gierig suchte sie mit ihrer Zunge Zutritt zu meinem Mund und ich gewährte ihr Einlass. Es begann ein wilder feuchter Tanz. Mit einem Ruck riss ich die Seidenbluse auf und knetete ihre Brüste durch den nun freiliegenden weißen Spitzen-BH. Dann schob ich eine Hand unter Susannes Rock. Sie trug Strapse und nur ein dünnes Höschen, so dass ich ihre Scham durch den Stoff ertasten konnte. Ihre Atmung wurde schneller. Ich schob den triefnassen Slip beiseite und massierte nun ihren Kitzler. Sie stöhnte auf. Wild fummelte sie an meiner Hose herum und legte etwas umständlich meinen erigierten Schwanz frei. Sie entzog sich nun meinem Mund und senkte ihren Kopf über meinen harten, pochenden Prügel. Blasen konnte die kleine Drecksau. Mit ihrer Zunge fuhr sie meinen Schaft auf und nieder, saugte am Hoden und drehte sich schließlich mit ihrem Arsch zu mir. Sie hob den Rock an, zog das Höschen herunter und raunte: „Los, fick mich!"

Das ließ ich mir nicht zweimal sagen und schob ihr meinen Schwanz in die saftige Möse. Mit jedem Stoß schrie sie auf. Wir waren nun beide in höchster Erregung, enthemmt durch den Alkohol und unterwegs in Richtung vollkommener Ekstase. Mit meinem Zeigefinger fing ich an ihre Rosette zu massieren. Meine Stöße wurden härter und schneller und auch Susannes Bewegungen wurden immer heftiger. Als ich ihren Pferdeschwanz packte und ihren Kopf nach hinten riss, kam sie wie sie seit Jahren nicht mehr gekommen war und auch ich entlud meine Ficksahne pochend in ihr Inneres. Erschöpft sackten wir eng umschlungen auf der Liege zusammen und Susanne schlief sofort ein.

Vorsichtig löste ich mich von ihr und ging mich waschen. Ich fühlte mich nicht schmutzig, auch wenn das Geschehene nicht viel besser war als ein billiger Porno. Ein sehr billiger Porno. Dennoch war ich froh, den Trieb mit einer äußerlich attraktiven Frau ausleben zu können. Sonst aber empfand ich nichts für sie. Ich betrachtete sie, wie sie friedlich auf meiner Liege lag und leicht schnarchte. Durch das Fensterband fiel ein fahles Licht auf ihr Gesicht. Ihr Makeup war verschmiert, was verständlich war, so wie wir es getrieben hatten. Ich hatte sie wie ein Zuchteber durchgenommen.

Ich stellte mir vor, wie es wohl wäre, sie auszuweiden. Wie sie wohl von drinnen aussehen würde? Welche Organe ich identifizieren könnte. Mit dem Messer von Zecki wäre es sicher ein langwieriges und anstrengendes Unterfangen geworden. Leise schlich ich mich in den Werkstattbereich und betrachtete das Steckregal an der Wand: Schraubenzieher, Akkubohrer, verschiedene Hämmer, Teppichmesser, eine Stichsäge und auch eine kleine Handkreissäge waren fein säuberlich an ihrem Platz verstaut. Ich nahm das letztgenannte Gerät in die Hand. Es hatte zwei Griffe: Einen mit Abzug zur Betätigung des Sägeblatts und einen Griff zum sauberen Führen auf dem Werkstück. Wozu brauchte ein Car-Hifi-Geschäft eine kleine Kreissäge? Egal. Ich ging zurück zur Liege. Susanne schlief tief und fest, der Fachmann würde den Zustand vermutlich als *Weinkoma* bezeichnen. Ich nahm ihr rechtes Knie und zog es zur anderen Seite. Ihre Futt lag jetzt weit geöffnet vor mir und ich konnte mein herauslaufendes Sperma im Lichtschein leicht glänzen sehen. Ich stellte mir vor, wie ich die Schneide der Kreissäge genau in ihrem Lustzentrum ansetzen würde und mich dann, durch Kitzler und Venushügel hoch zu den Gedärmen arbeiten würde. Einerseits wurde mir leicht übel bei dem Gedanken und ich musste würgen. Der Gestank musste furchtbar sein, so wie damals, als mein Vater einen Hasen bei uns geschlachtet hatte. Oder im Felde, die aufgedunsenen toten Kameraden im Schützengraben. Obwohl, das Fleisch hier war frisch. Vielleicht würde auch ein metallischer Duft in der Luft liegen, wie bei Lidija. Ich konnte damals richtiggehend das Aroma ihres Blutes auf meiner Zunge wahrnehmen. Andererseits erregte mich auch die Vorstellung, in sie hinein zu schauen, den Darm zu entnehmen, ihn zu entleeren und Wurstmasse einzufüllen. Wurstmasse die aus Innereien und dem wenigen Fett von Susanne bestehen würde.

Sollte ich es tun? Was hatte ich zu verlieren, ich hätte nur alles gut säubern müssen, bis zum Morgen wäre genug Zeit gewesen. Die anderen hätten sich sicher gefragt, warum Susanne nicht mehr zu unseren Treffen gekommen wäre, aber vielleicht hatte sie kalte Füße ob unseres Plans bekommen. Allerdings hätte ich dann wieder auf Handbetrieb stellen oder mir ein anderes Loch besorgen müssen, Susanne wäre sicher nicht abgeneigt die geile Fickerei nochmal zu wiederholen. Noch war nichts passiert.

Ich führte das Gerät langsam vor Susannes Scham. Die einzelnen Klingen des Sägeblattes waren nur wenige Millimeter von ihrem weichen Fleisch entfernt, als ich behutsam begann den Abzug zu drücken. Ein helles Licht ging an, noch bevor das Blatt Anstalten machte zu rotieren. Dann war meine Entscheidung gefallen: noch wollte ich sie aufsparen, noch wollte ich sie ausnutzen und behalten. Ich brachte das Werkzeug zurück. Zurück an der Liege durchsuchte ich ihre Handtasche. Ihr Portemonnaie war gut gefüllt und ich nahm mir 80,- Euro heraus. Dann legte ich mich zu ihr. Die Wärme ihres Körpers war angenehm und mit wohligen Gedanken an das Neue Großdeutsche Reich schlief ich ein.

Heusinger und ich sind weit über den schweren Eichentisch gebeugt, fast liegen wir auf ihm. Der General erläutert mir auf der Karte die Lage an der Nordfront in der Sowjetunion. Es ist schwül. Alle Fenster stehen weit offen, trotzdem schwitze ich. Die Luft ist dünn. Heusinger favorisiert einen Durchstoß unserer Truppen nahe einem Fluss. Ich folge mit meinen Augen seinem Finger auf der maßstabsgetreuen Geländedarstellung. Dann wird es dunkel und wir heben ab. Als ich die Augen öffne liegen wir auf dem Boden, der massive Eichentisch ist umgeworfen. Ein lautes Piepen auf beiden Ohren hindert mich daran zu verstehen, was die um mich stehenden sagen. Ich sehe Korten: tot. Ich sehe Brandt: auch tot. Langsam realisiere ich, was passiert ist.
Ich lebe. Ich lächle.

ANGESCHOSSEN

Schneider und Berger samt Bagage standen vor dem Brandenburger Tor. Hier war der Hauptverdächtige in den Mordfällen Markus Zellner und Lidija Kovic als letztes auf dem gesichteten Videomaterial identifiziert worden. Berger blickte bedeutungsschwer umher, murmelte immer wieder „Ah ja" und „Oh" vor sich hin. Schneider ging das auf den Keks. Er hatte keine Geduld für das Schauspiel und war angespannt. Seit der Raststätte vor drei Stunden hatte er keinen Tropfen Alkohol mehr gesehen.

„Was glauben Sie, Schneider, wo ist der Verdächtige wohl von hier aus hingegangen?"

Schneider zog einen dicken Schleimpfropfen die Rachenwand hinauf und rotzte ihn neben sich auf den Boden. Er war gelb und mit dünnen, frischen Blutfäden durchzogen.

„Was fragen Sie mich, Berger. Sie wittern doch hier irgendwas oder warum machen Sie diesen Affentanz?"

Berger schaute fassungslos auf den gelben Klumpen am Boden. „Sie sind ja ekelhaft, Schneider!"

„Besser ekelhaft als Einzelhaft", erwiderte Schneider lapidar.

„Warum wollten Sie überhaupt in die Soko, wenn Sie hier so dicht machen? Sie sind überhaupt keine Hilfe!", beschwerte sich Berger. Seine Hiwis nickten zustimmend.

„Berger, ich lass mir doch nicht Last-Minute den Fall wegnehmen. Wir wissen doch beide, wer es war, jetzt heißt es nur noch den Typen zu finden. Da will ich doch dabei sein, die Lorbeeren gehören mir. Die Rasterfahndung ist doch am Laufen und spätestens wenn die Öffentlichkeitsfahndung freigegeben wurde wird bei uns das Telefon klingeln."

„Mag sein, mag sein, aber vielleicht können Sie bis dahin wenigstens so tun als würden Sie mitarbeiten?", fragte Berger.

Schneider zog zweimal trocken die Nase hoch, diesmal jedoch ohne etwas auszuspucken und erwiderte dann leicht störrisch: „Na meinetwegen, wenn Sie darauf bestehen. Ich habe keine Ahnung wo der Typ hingegangen sein könnte. Vielleicht wieder in ein Hotel, vielleicht in den Park. Oder er hat sich wieder irgendwelchen Pennern oder Punkern oder Terroristen angeschlossen, ich tappe da völlig im Dunkeln."

„Der Ansatz mit den Punkern ist ja nicht schlecht, vielleicht ergibt sich da ja ein Muster. Bei den Opfern scheint er ja keins zu haben", sagte Berger und ließ sich dann von einem seiner Agenten sein Notizbuch reichen. Er blätterte in den wilden Notizen herum und fing wieder das Murmeln an.

Schneider wurde es zu bunt: „Berger, wie sieht's aus, Sie gehen mit Ihren Jungs mal die Bahnhöfe in der Nähe ab und ich schau mich mal im Park um?"

„Ja, ja", erwiderte Schneider vertieft „lassen Sie uns um 18 Uhr wieder im Revier treffen und dann mit den Erkenntnissen des Tages ein erstes Profil erstellen."

„Alles klar", sagte Schneider und machte sich aus dem Staub. „Als wenn ich nach 18 Uhr noch arbeite, da bin ich froh wenn ich noch gerade laufen kann", dachte er sich und suchte nervös den nächsten Kiosk.

Frisch bewaffnet mit mehreren Herrengedecken, also Bier und Korn, setzte sich Schneider im Park des Großen Tiergarten auf eine Bank. Die nachmittägliche Sonne hatte noch ordentlich Kraft und Schneider genoss für einen kurzen Moment die Wärme. Dabei vergaß er fast, dass er hochprozentige Ware dabei hatte. Er zog eine 0,5-Liter Dose Bier aus dem Sechserträger, öffnete sie mit lautem Zischen und trank einen ordentlichen Schluck ab. Aus der Jackentasche holte er dann den ersten 10cl Korn und füllte ihn zitternd in die Dose ab. Mit dem Daumen verschloss er die Trinköffnung und hielt die Dose einmal sachte über Kopf, um den Korn ein wenig in dem *Flüssigbrot* zu verteilen. Das erste Gemisch exte er sofort herunter, für das zweite benötigte er auch nur zwei Ansätze. Schneider dachte an seine *Scheißfrau* und die ihm nun entgangene gemeinsame Zukunft, mit Wohnmobil-Reisen durch ganz Europa.

„So eine undankbare Fotze", dachte er und mischte sich das dritte Getränk. Dann fing er doch an über den Fall, seinen Fall, nachzudenken.

„Wieso ist so schnell eine Soko eingeschaltet worden? Berger hält sich bedeckt, aber da muss doch vor den beiden Morden in Hamburg schon mehr vorgefallen sein?"

Schneider beschloss, sich bei der für später angesetzten Besprechung heimlich das merkwürdige Notizbuch von Berger unter den Nagel zu reißen. Dann musste er pissen. Er stellte die Bierdose neben sich zu den anderen beiden, erhob sich und ging nicht in die Büsche, sondern erleichterte sich direkt vor die Bank. Eine Frau die mit ihrer kleinen Tochter vorbeiging, hielt dem Mädchen fix die Hand vor die Augen und schüttelte echauffiert den Kopf. Schneider quittierte das Ganze mit seinem Mittelfinger.

Den restlichen Nachmittag verbrachte er dann damit, seinen Sixpack zu leeren und ein wenig in der Sonne zu dösen. Um 17.30 schaute er zum ersten Mal auf seine Uhr. „Verdammte scheiße, ich muss zum Revier!"

Beim Aufstehen bemerkte Schneider, dass er es diesmal übertrieben hatte. Er hatte einen ganz schönen Drehwurm im Kopf und ihm wurde tatsächlich übel. Das war ihm schon länger nicht mehr passiert, er hatte heute aber auch seit dem Stopp auf der Autobahn nichts mehr gegessen. Wankend verließ er den Park und rief sich ein Taxi. Bei dem Fahrer handelte es sich um einen Sikh, der seinen Dastar, also Turban trug.

Schneider stieg hinter dem Beifahrersitz in die E-Klasse Limousine ein.

„Na Sie sind ja eine richtige Rarität!", plärrte er den Fahrer an, der ihn nun verdutzt ansah. „Ich dachte in Berlin fahren nur Türken Taxi."

Der Fahrer lächelte: „Wohin soll's gehen?"

„Hätte erwartet, dass die Karre furchtbar nach Curry riecht, mögen Sie kein Curry?", erwiderte Schneider. Der Fahrer verzog keine Miene. „Wohin soll's gehen?", wiederholte er. Schneider kramte einen Zettel aus seiner Jacke und las „Polizeidirektion 5, Abschnitt 53, Friedrichstraße 219" vor.

„Ok", erwiderte der Fahrer und fuhr los.

„Aber nicht schleichen wie mit der Rikscha!", pöbelte Schneider. Der Fahrer reagierte nicht. Die Fahrt in Höhe von 12,40 Euro zahlte Schneider auf den Cent genau und verabschiedete sich mit einem:

„Lang lebe Gandhi!"

Vor dem Revier warf er sich den kompletten Inhalt seiner Minzpastillendose in den Mund, in der Hoffnung seine Säuferfahne damit überdecken zu können. Er nahm sich vor, einen möglichst großen Abstand zu den Kollegen einzuhalten und nicht viel zu sprechen. Direkt am Eingang fing ihn einer von Bergers Handlangern ab und führte ihn zum *War Room*. Das klang zwar cool, war aber nur ein kleines Büro, in dem ein kleiner Monitor und eine Pinnwand, sowie ein Tisch und vier Stühle standen. *Arm aber sexy* halt.

„Da sind Sie ja", begrüßte ihn Berger, „haben Sie etwas herausfinden können?"

„Also im Tierpark ist der Verdächtige nicht!", erwiderte Schneider und bemühte sich dabei nicht zu lallen.

„Das wäre ja auch zu schön gewesen", lachte Berger und fuhr fort: „Wir haben sämtliche Bahnhöfe im Umkreis des Brandenburger Tors abgeklappert und uns systematisch von der U-Bahnstation Bundestag und Friedrichstraße im Norden, über mehrere weitere

U-Bahnstationen im Süden bis zum Potsdamer Platz durchgearbeitet." Berger zeigte auf eine Karte der Berliner Innenstadt an der Pinnwand. „Am Potsdamer Platz sind wir auf die einzige Gruppe Punker getroffen, die aber den Verdächtigen auf unserem Foto nicht gesehen haben wollen. Die Analyse der Videoaufzeichnungen an den Stationen läuft bereits."

„Sie sind ja ein ganz toller Hengst" wäre es Schneider beinahe herausgerutscht, stattdessen gab er nur ein trockenes „Ok" von sich und hatte insgeheim doch ein leicht schlechtes Gewissen als er Bergers Nachmittagsaktivitäten mit denen seinen abglich.

„Was ist mit der Öffentlichkeitsfahndung?", fragte Schneider schließlich in einem Anflug von Produktivität.

„Gute Frage, Gröhlmann versucht gerade den Richter zu erreichen, die Fahndung hätte schon längst freigegeben sein müssen."

„Hätte, hätte, Fahrradkette", faselte Schneider nun doch leicht lallend.

„Super Beitrag", erwiderte Berger, „ich glaube das Profil von unserem Verdächtigen erstelle ich lieber ohne Sie."

„Okay, Berger, jetzt reicht es mir", wurde Schneider laut. „Sie verheimlichen mir doch was, wieso wurde so schnell eine Soko eingeschaltet, was ist vor den Morden in Hamburg noch vorgefallen?"

„Das habe ich Ihnen doch schon gesagt, als Sie sich in meine Soko erpresst haben. Ich wurde von höchster Stelle eingesetzt, weil aus politischen Gründen weitere Morde verhindert werden sollen."

„Politische Gründe, so ein Bullshit. Nennen Sie endlich Ross und Reiter, Berger!" Schneider war jetzt in cholerischer Höchstform.

„Schneider, ich diskutiere nicht mit Ihnen und ich schlage dringend vor, dass Sie erstmal Ihren Rausch ausschlafen und sich ganz genau überlegen, wie wir dieses Spiel zu Ende spielen wollen", sagte Berger ruhig. Das hatte gesessen. Schneider fühlte sich überführt, zweifelsfrei schuldig im Sinne der Säuferanklage. Berger fuhr fort: „Wenn ich so ein Arschloch wie Sie wäre, dann würde ich jetzt einen Atemtest bei Ihnen durchführen lassen und Sie wegen Trunkenheit im Dienst und Ihren ausfälligen Beleidigungen suspendieren lassen. Dann war es das mit den Lorbeeren vor Ihrer Pensionierung. Dann scheiden Sie ganz unrühmlich aus dem Dienst aus und das möchte ich Ihnen ehrlich gesagt nicht antun."

Schneider wusste nichts zu erwidern. Seine Augen wanderten wild durch den Raum, er suchte vergeblich das Notizbuch, konnte es aber nicht entdecken. Er hätte es gerne an sich gerissen und wäre davon gerannt, aber so verließ er den Raum mit leeren Händen. Ohne Worte und ohne Stolz.

DEMBA

Erst dachte ich, Blondie würde mir im Halbschlaf über den Hals lecken, aber als sich die feuchte Zunge über meine Brust immer weiter nach unten bewegte, wurde mir klar, dass es Susanne war. Gierig stülpte sie ihren warmen Mund über meine Erregung und fing an ihre Lippen über meinen Schaft gleiten zu lassen. Ich kam schnell und heftig und Susanne nahm jeden Tropfen in sich auf. Eine herrliche Art, geweckt zu werden. Susanne kam mit einem breiten Grinsen unter der Decke hervor, gab mir einen Kuss auf die Wange und verschwand mit einem „Ich muss los!".

Ich lag noch eine Weile und dachte über den gestrigen Abend nach. Im Suff waren die Diskussionen auch auf mich, das Dritte Reich und die letzten Kriegsmonate geraten. Klaus hatte davon phantasiert, dass auf der dunklen Seite des Mondes eine SS-Armee auf den Angriffsbefehl warten würde. Na klar, die Vergeltungswaffen flogen nicht mal bis Amerika, aber wir haben eine ganze Armee zum Mond geschickt. Wie blöd konnte man eigentlich sein? Dumm, aber gefügig, so mochte ich meine Untertanen. Als es dann um mich, also Hitler ging, konnte ich für großes Erstaunen sorgen, als ich erzählte, dass meine Mitgliedsnummer in der ursprünglichen NSDAP nicht etwa die *1*, sondern die *555* war. Dieter bestätigte meine Angabe nach einer kurzen Internetrecherche. Wie dem auch sei, es wurde Zeit aufzustehen, denn heute Abend sollte es an die Detailplanung unseres Vorhabens gehen. Ich fühlte mich recht schlapp auf den Beinen, was nicht nur an dem Abmelken durch Susanne liegen konnte. Mir war übel und kalt. Ich brauchte wieder Stoff von Demba. Mehr schlecht als recht machte ich mich fertig und mit dem Geld von Susanne und natürlich meinem Messer machte ich mich auf den Weg zum Görlitzer Park, von einheimischen Junkies auch liebevoll *Görli* genannt. Demba sah mich bereits von weitem kommen und begrüßte mich fröhlich: „Na, Kollege, brauchst Du Nachschub?"

„Ja, genau. Ich hätte gerne diesmal die doppelte Menge, dann muss ich hier nicht jeden Tag auftauchen", erwiderte ich und hielt Demba vierzig Euro hin. Dieser fing an zu lachen.

„Die Preise sind gestiegen, mein Freund. Eine Portion kostet jetzt fünfzig Euro, das macht also Hundert!" Demba setzte ein breites Grinsen auf und strahlte mich mit seinen weißen Zähnen an. Ich überlegte kurz, dann sagte ich: „Diese Preissteigerung ist für mich nicht nachvollziehbar, ich denke dann kaufe ich halt bei jemand anderem." Nun sah Demba alles andere als freundlich aus. Seine Miene verfinsterte sich und er zog mich grob zu sich heran: „Hör mir gut zu, mein Freund. Du kannst nicht einfach woanders kaufen, hier hat jeder seinen Kundenstamm und der ist fix, verstehst Du? Ich bin Dein Kundenbetreuer!"

Was war nur aus meinem angeblichen Freund Demba geworden? Sollte er am Ende etwa ein gewöhnlicher Dealer sein und gar nicht nur mein Bestes im Sinn haben? Unauffällig versuchte ich mein Messer in die Hand zu bekommen, als mich Demba plötzlich mit den Worten „Polizei" in die Büsche am Ufer eines kleinen Teichs zog. Wir hockten uns hinter einen Baum.

„Die Scheiß Bullen kontrollieren im Moment viel, habe keine Lust wieder mein Dope zu verlieren." Der links von mir sitzende Demba zeigte in Richtung von einer Gruppe Polizisten, die durch zwei Parkeingänge gelaufen kam. Kollegen von Demba nahmen reiß aus und konnten größtenteils entkommen. Während Demba die Szenerie beobachtete zog ich das Messer aus meiner Jacke. Die Polizeiaktion war eine willkommene Ablenkung. Ich sah mich noch einmal um, es war aber niemand mit Blick auf unsere Position zu sehen. Der Plan war Demba so wie damals Zecki zu verarzten, sprich ihm in einem Zuge die Kehle durchzuschneiden. Als ich den linken Arm ausfuhr um Dembas Kopf nach hinten zu reißen, musste dieser aus dem Augenwinkel das Messer in meiner rechten Hand gesehen haben. Er stieß mir mit seinem rechten Ellenbogen in die linke Flanke, so dass ich umkippte und mit dem Hinterkopf auf das Wasser schlug. Demba sah mich entsetzt an: „Was soll die Scheiße, willst Du mich abstechen?"

Ich sagte nichts, aber an meinem Blick konnte Demba die Antwort erahnen: „Ja, natürlich will ich Dich abstechen!"

Mit meinem rechten Fuß verpasste ich ihm einen harten Tritt gegen den Knöchel, so dass auch er sein Gleichgewicht in der Hocke nicht mehr halten konnte und zur Seite umfiel. Schnell richtete ich mich auf, doch auch Demba stand schon wieder. Wie zwei ungleiche Ringer fingen wir an zu tänzeln, bedacht nicht den falschen ersten Schritt zu machen. Demba als kräftiger Halbwilder, ich, deutlich schmächtiger, dafür mit Messer und eisernem Siegeswillen.

„Du bist doch verrückt", murmelte Demba immer wieder, während ich ihn einfach nur mit den Augen fixierte, den Griff des Messers fest in meiner Hand, die Spitze auf ihn gerichtet. Die Welt schien in diesem Moment still zu stehen, alle Nebengeräusche waren ausgeblendet. Ich hörte nur meinen Atem und spürte den Herzschlag in meiner Brust. Auch ohne das Meth war ich hell wach, das Adrenalin in meinem Körper verfehlte seine Wirkung nicht. Es fühlte sich an wie damals, im Winter 1914 in den Stellungen bei Messines, kurz bevor das Stahlgewitter auf uns hereinbrach. Die sprichwörtliche Ruhe vor dem Sturm, ein Sturm aus dem ich damals unseren Regimentskommandeur gerettet hatte. Dafür wurde mir das Eiserne Kreuz II. Klasse verliehen. Wer würde zuerst zucken? Demba schien Respekt vor dem Messer zu haben, ansonsten wäre er sicherlich schon auf mich gesprungen und hätte mich mit seiner gorillaartigen körperlichen Überlegenheit fertig gemacht. Ich fühlte mich in dieser abwartenden Haltung zunehmend unwohler, mir war mehr nach Blitzkrieg mäßiger totaler Vernichtung zumute. Eine Finte á la „geordneter Rückzug" wäre eh nicht mehr möglich gewesen, wir wussten beide, dass hier nur noch einer von uns lebend heraus kommen würde. Dann eröffnete sich mir die Gelegenheit, denn Demba rutschte mit dem rechten Fuß leicht auf dem Uferschlamm aus, konnte sich zwar fangen, hatte dadurch jedoch einen Bruchteil seiner Konzentration von mir abwenden müssen. Ich hechtete nach vorne, glitt mit meinem Kopf unter Dembas linken Arm und rammte ihm zeitgleich meine rechte Schulter in die Brust und das Messer in den Bauch. Demba schrie martialisch. Ich wollte meinen Kopf lösen, doch er fing an mit seinem muskulösen Arm zuzudrücken. Er hatte mich im Schwitzkasten und drückte mir die Luft ab. An sich eine aussichtslose Situation für mich, hätte nicht mein Messer bereits in seinem Bauch gesteckt. Ich zog das Messer mit einem Ruck nach oben und machte sprichwörtlich *Harakiri* mit ihm. Demba schrie nun wie am Spieß. Ich spürte das warme Blut über meine Hand laufen, während sein Würgegriff merklich an Kraft verlor. Als ich das Messer nun ein wenig drehte und zur Körpermitte zog, sackte Demba wimmernd zusammen. Mit Tränen in den Augen sah er mich an, gab einen letzten Seufzer von sich und war tot. Ich fing an seine Taschen nach Meth zu durchsuchen, als plötzlich in 50 Metern Entfernung am Ufer ein „Hey, stehenbleiben!", zu hören war. Ein Polizist hatte uns wohl doch gesehen. Ich nahm die Beine in die Hand und rannte los. Auf dem Weg hinter mir waren mittlerweile drei Polizisten, die ich jedoch nach Verlassen des Parks im Gewusel der Helikoptereltern, die gerade ihre Kinder aus der Fichtelgebirge Grundschule abholten, abwimmeln konnte. In einem leeren Müllcontainer harrte ich eine Weile aus, wusch mir dann in der nahegelegenen Spree das Blut grob von den Händen und fuhr zurück in Dieters Werkstatt. Ohne Messer, ohne Meth, dafür mit schlechter Laune und Entzugserscheinungen.

DIE SPUR WIRD HEISSER

Schneider saß im Frühstücksraum des schäbigen Hotels, welches er im Rahmen der Ermittlungen in Berlin zugewiesen bekommen hatte. Er war frisch rasiert und hatte, anders als sonst, noch keinen Tropfen Alkohol zu sich genommen. Nun kaute er auf dem trockenen Brötchen herum, dass er in seinen Kaffee getunkt hatte. Er durfte Berger keine Angriffsfläche liefern, nicht jetzt, so kurz vor seinem letzten Erfolg. Zusammenreißen hieß ab jetzt die Losung. Kalter Schweiß lief ihm den Nacken herunter und seine Hand zitterte. Ihm war kalt. Mit unsicheren Schritten ging er die fünfzehn Minuten zum Revier. Im *War Room* begrüßte ihn Günzel, der sich gerade den ersten Entwurf von Bergers Täterprofil durchlas.

„Günzel, geht es Ihnen besser?", fragte Schneider erstaunt. „Ich dachte Sie lägen noch länger flach."
Günzel lächelte: „Na ja, ein Sud aus Zwiebeln und Honig kann Wunder wirken, auch wenn man dann im ICE alleine sitzt."

„Dann lassen Sie uns doch mal in medias res gehen. Wo ist Berger?", fragte Schneider erstaunlich sachlich.
„Berger telefoniert gerade dem Öffentlichkeitsfahndungsbeschluss hinterher. Ich habe derweil das Profil des Verdächtigen durchgelesen." Günzel hielt Schneider eine dünne Mappe hin.

„Brauch ich nicht", sagte Schneider, „für mich ist die Sache klar."

„Na ja, es soll helfen, die nächsten Schritte des Täters voraus zu sehen und etwas über seinen Background zu erfahren."

„Das ist mir schon klar, ich denke aber, sobald die Öffentlichkeitsfahndung startet, ist es nur noch eine Frage der Zeit. Bis dahin dachte ich, dass wir uns nochmal die Punker- und Obdachlosenszene im Zentrum vornehmen, was meinen Sie?"

„Wäre auf jeden Fall ein Szenario aus dem Profil." Schneider trat etwas näher an Günzel heran und sprach mit leiser Stimme: „Günzel, der Berger, der hat so ein Notizbuch, haben Sie das zufällig..."

Bevor Schneider den Satz beenden konnte, betrat Berger mit seinem Team den Raum.

„Aah, Schneider, ausgeschlafen? Wir haben leider gerade einen neuen Mord gemeldet bekommen, der Van steht unten bereit, lassen Sie uns direkt los."

„Das lasse ich mir nicht zwei Mal sagen, ein Mord am Morgen vertreibt Kummer und Sorgen", witzelte Schneider. Lachen tat jedoch niemand.

Auf der Fahrt zum Tatort fasste Berger sein Gespräch mit dem Richter zusammen. Dieser war mit einer akuten Lebensmittelvergiftung ins Krankenhaus eingeliefert worden und erst heute Morgen war der Antrag zu dessen Stellvertreter übergeben worden. Die Freigabe sollte nun spätestens bis zum Mittag erfolgen, das hatte man Berger hoch und heilig versprochen.

„Ich glaub's erst, wenn ich es sehe", sagte Schneider und regte sich ordentlich über Deutschlands verkorkste und überlastete Justiz auf.

Der Tatort lag im Görlitzer Park und war frisch von den Beamten vor Ort abgesperrt worden. Die Spurensicherung kam zeitgleich mit der Soko 18 an und gab an Schneider, Berger und Günzel Einwegüberzieher und Overalls heraus. Wären sie vor der Spusi angekommen, hätten sie sich den Tatort direkt angesehen, so mussten sie sich in die Anzüge quälen. Das Opfer lag rücklings im nordöstlichen Uferbereich des Görlitzer Parkteichs und hatte eine große Bauchwunde, in der noch ein Küchenmesser mit Holzgriff steckte. Ein Beamter einer Einsatzgruppe, die am Morgen eine Razzia gegen Drogendealer durchgeführt hatte, hatte aus einiger Entfernung die beiden Männer kämpfen und den einen schließlich zu Boden sacken sehen. Unglücklicherweise konnte der Verdächtige über den Parkausgang am nördlichen Görlitzer Ufer entkommen. Frisur, Statur und Tatwaffe passten und alle waren sich einig, dass *Addi aus Hamburg* wieder zugeschlagen hatte. Wie sich Berger berichten ließ, handelte es sich bei dem Opfer um Demba Mgasi, einen polizeibekannten Dealer, der anders als die meisten anderen *Händler* im Park neben Dope auch harte Drogen wie Meth vercheckte.

„Und wenn es doch ein Junkie war, der ohne Geld an Stoff kommen wollte?", fragte Berger in die Runde. „Ach was", erwidert Schneider und ergänzte: „Günzel, was sagt die Statistik?"

Dieser antwortete wie aus der Pistole geschossen: „Es gibt jährlich ca. 100 Morde in Berlin von denen 85 bis 90 Prozent aufgeklärt werden. Es wäre, zumindest aus statistischer Sicht, höchst unwahrscheinlich, dass es sich hier um einen zufälligen Junkie Mord handelt, insbesondere vor dem Hintergrund der passenden Beschreibung und der Tatwaffe."

Berger nickte. Dann machte er mit dem Handy ein Foto von dem halb aus dem leblosen Körper ragenden Küchenmesser und mailte es an das Soko-Postfach. „Gröhlmann, gleichen Sie doch mal das Messer mit den Fotos ab, die wir in der Wohnung und auf dem Smartphone von Martin Zellner gefunden haben. Vielleicht erkennen wir es auf einem davon wieder, genug Partyfotos waren ja vorhanden."

„Ja, Chef", erwiderte der Schrank Gröhlmann und verschwand. Dann wand sich Berger an einen Berliner Kollegen: „Geben Sie den Tatort und die Fluchtrichtung des Täters an die Kollegen weiter, die sollen mit extra scharfem Blick die nähere Umgebung absuchen, weiterhin arbeiten wir uns durch alle verfügbaren Überwachungskameraaufnahmen, die wir vom Nordausgang her finden können. Die Schlinge muss sich jetzt zu ziehen, wir können uns keine weiteren Toten leisten." Günzel nickte zustimmend. Schneider sagte leicht angesäuert: „Hätte die Öffentlichkeitsfahndung gestern gestartet, wäre der Typ hier vielleicht noch am Leben und könnte weiter unsere Kinder anfixen."

VORBEREITUNGEN FÜR
DEN ERNSTFALL

Ich hatte mich durch den Hintereingang in Dieters Werkstatt geschlichen und frisch gemacht. Bis zum Treffen war noch Zeit, so dass ich es mir auf meiner Liege bequem machte und ein wenig im Netz surfte, um mich von meinem Affen abzulenken. Unter der Suche *Mord Berlin* war noch nichts zu finden. Nach ein paar Youtube Videos von unseren Reichsparteitagen in Nürnberg verschlug es mich erst auf die Seite der Berliner Zeitung und dann fast von der Liege. Direkt auf der Startseite waren zwei Fotos von mir abgebildet: „Die Polizei bittet um Ihre Mithilfe... im Zusammenhang mit zwei Mordfällen in Hamburg... letzter bekannter Aufenthaltsort Berlin... nicht nähern, wird als bewaffnet und gefährlich eingestuft."
Die Polizei von heute arbeitete ja genau so schnell wie die Gestapo. Zum Glück waren die Aufnahmen nicht die besten, es war jedoch nur noch eine Frage der Zeit bis auch meine Gefolgschaft von der Sache Wind bekommen würde. Mein Plan war vorerst, zu leugnen, dass es sich um mich handeln würde. Trotzdem nahm ich ein paar Veränderungen an Frisur und Bart vor, und beschloss mir noch eine Mütze und eine Brille zu besorgen, um in der Öffentlichkeit nicht aufzufallen. Als gegen 19 Uhr alle eintrudelten, war der Fahndungsaufruf jedenfalls kein Thema. Vielmehr waren meine Jungs fleißig gewesen. Jascha hatte den Nachmittag über in mehreren Internetcafés Anleitungen zum Bombenbau im Darknet und im Anarchistischen Kochbuch recherchiert. Wie sich herausstellte, ließ sich aus Unkrautvernichter und Reinigungsmittel doch eine ganz ordentliche Sprengladung herstellen. Da uns elektrische Fernzünder zu kompliziert und unzuver-

lässig erschienen, wollten wir mit Lunten aus getränktem Garn arbeiten. Ich machte Druck bezüglich des Zeitplans: „Jeder weitere Tag, an dem das Denkmal noch steht, ist ein verlorener Tag für Deutschland. Günther, zeig mal den Ausdruck." Günther legte eine schematische Darstellung des Denkmals auf den Tisch. Ich beugte mich darüber und markierte an mehreren Stellen die Punkte, an denen ich Sprengladungen platzieren lassen wollte. „Das Denkmal steht auf einem sehr hohen Sockel, wir müssen auf jeden Fall auch eine Ladung direkt an der Statue platzieren. Ich komme somit auf drei Ladungen am Sockel, eine im Sockeleingang und eine am Fuß der Statue, was meint ihr?" Klaus antwortete: „Eine Drei-mal-Vierzehn Sprossenleiter habe ich noch, die sollte langen, um zur Statue rauf zu kommen."

„Wenn ich mich nicht verrechnet habe, dann wiegt eine Ladung an die 20 Kilo", warf Jascha ein.

„Dann brauchen wir auf jeden Fall einen Seilzug, um die Ladung auch nach oben zu bekommen", erwiderte Günther.

„Und wie sollen wir fünf Ladungen in den Park transportieren?", fragte Wilhelm skeptisch.

„Wieso, das ist doch kein Problem, die passen alle in meinen Volvo, ich würde sagen wir fahren direkt in den Park, halt ohne Nummernschilder oder mit geklauten", schlug Dieter vor.

„Ausgezeichnete Idee", sagte ich, Wilhelm hingegen äußerte Zweifel: „Ich finde wir brechen das alles viel zu sehr über das Knie. Wir haben bisher keine Recherche betrieben, wissen nicht, ob es dort Parkwächter gibt, ob dort Obdachlose schlafen oder weiß Gott welche Überraschungen noch."

Allgemeines Gemurmel. Ich schlug mit der Faust auf den Tisch und fixierte Wilhelm: „Das Glück ist mit den Mutigen, Du siehst doch, wie weit euch das Zögern gebracht hat. Wie weit ihr Deutschland gebracht habt.

Es ist nichts passiert, aber damit ist jetzt Schluss! Diese Operation ist doch nur der erste Schritt, aber den müssen wir jetzt auch gehen, verdammt!"

Susanne blickte mich bewundernd an, die anderen nickten. Wilhelm zögerte.

„Bist Du dabei oder nicht, Wilhelm?", fragte ich ihn direkt. Alle sahen ihn an. Dann, mit leiser Stimme, gab er klein bei. „Ja, natürlich bin ich dabei."

„Wunderbar", erwiderte ich und die anderen wirkten erleichtert, dass ihr alter Anführer hier nicht kneifen wollte.

„Ich will, dass die Aktion morgen Nacht in der Früh, um 5 Uhr 45 stattfindet. Deckname der Operation ist *Fall Rot*. Sollten dort Obdachlose vor Ort sein, werden wir diese unter einem Vorwand verscheuchen, Parkwächter kann sich die Stadt doch gar nicht leisten. Morgen fahren Dieter, Heinz, Günther und ich in den Baumarkt und besorgen die Zutaten. Klaus bringt seine Leiter her. Susanne und Jascha, ihr arbeitet an unserer Pressemeldung, die ich sowohl auf Flugblättern an der Statue, als auch im Internet veröffentlichen will. Wilhelm, kannst Du von irgendeinem Wagen Nummernschilder besorgen? Die Seilwinde holen wir auch im Baumarkt."

„Fällt es nicht auf, wenn wir so viele Chemikalien auf einmal im Baumarkt kaufen?", wand Jascha ein.

„Da hat der Junge recht", sagte Dieter.

„Dann fahren wir halt zu mehreren Baumärkten und kaufen mit zeitlichem Versatz jeder einen Teil, das sind doch nur Detailfragen die wir im laufenden Prozess klären", sagte ich vorwurfsvoll und fragte ernst: „Steht die Sache?"

„Auf jeden Fall", sagte Susanne begeistert. Auch die anderen stimmten zu und nickten, nur Wilhelm sah noch zweifelnd aus. Er sagte aber zumindest nicht „Nein" und somit war die Sache besiegelt.

„Es gibt viel zu tun morgen, wir sollten uns daher ausruhen. Eine große Zeit bricht an", sagte ich und komplimentierte die Gruppe hinaus. Susanne berührte mich heimlich am Po und verdeutlichte mir, dass sie wohl gleich an der Hintertür wieder Zutritt erbitten würde. Mir war eigentlich nicht danach. Nach dem Mord an Demba, dem Treffen und dem fehlenden Stoff hätte ich mich am liebsten sofort hingelegt, aber ich wollte sie auch nicht verärgern, da sie mir als loyale Gefährtin nützlich bei der Überzeugungsarbeit für die anderen erschien. Was sie an dem Abend mit mir anstellte, möchte ich der Nachwelt ersparen. Ich kann nur sagen, es war verdammt geil und ich hab mehrfach abgespritzt. Von Erholung konnte daher keine Rede sein. Sie blieb diesmal nicht über Nacht, so dass ich zumindest durchschlafen konnte.

Gifhorn. Es ist kurz vor Weihnachten 1943. Ich bin schlecht gelaunt, weil ich gerade einen Bericht aus Ortona erhalten habe. Es steht nicht gut um unsere Fallschirmjäger, die Kanadier machen richtig Dampf. Mir soll gleich der Prototyp 43 vorgestellt werden. Inmitten von Männern in weißen Kitteln und Generälen stehe ich hinter einer Panzerglasscheibe. Wir blicken in eine kleine Halle, deren Boden mit Sand bedeckt ist. Auf der linken Seite wird eine Tür geöffnet und ich sehe die Schnauze eines Schweins. Dann ein dumpfer Knall. Das Schwein läuft panisch in die Halle. Die Tür wird verschlossen und ungefähr in der Mitte des Raumes gibt es unter dem Schwein plötzlich eine Explosion. Sie ist nicht laut, aber ich spüre eine kleine Vibration unter den Füßen. An die Scheibe ist ein Stück blutige Haut geflogen, überall im Raum liegen Teile des Schweins. Es war auf den Prototypen unserer neuen Minen getreten. Glasminen! Mit den aktuellen Metalldetektoren nicht mehr aufzuspüren und fatal in ihrer Wirkung. Der Prototyp wird später in Serie gehen, allerdings mit einer verringerten Ladung. Sprengstoff ist knapp im fünften Kriegsjahr. Aber auch wenn

die armen Teufel die auf das Teil treten nicht mehr komplett
zerfetzt werden: Glas ist auf Röntgenbildern schwer zu
erkennen und führt schnell zu tödlichen Entzündungen. Ich
bin zufrieden.

NOTIZEN I

Seit der Öffentlichkeitsfahndung am Vortag hatten Günzel und Berger die halbe Nacht damit verbracht, wirre Anrufe zum Aufenthaltsort von *Addi* entgegenzunehmen und von Funkstreifen überprüfen zu lassen. Schneider hingegen war früh schlafen gegangen und kam mit vollem Magen aber nüchtern entspannt am Morgen ins Revier. Es war für ihn nur noch eine Frage der Zeit, bis der richtige Hinweis eingehen musste. Bis dahin hatte er sich aber etwas anderes vorgenommen, er wollte endlich an das Notizbuch von Berger gelangen, da er sich erhoffte, hier einen Hinweis zur schnellen Einschaltung der Soko zu finden. Jedoch musste sich Schneider bis zum Mittag gedulden. Zwar hatte Berger mehrfach den Raum verlassen, es war aber immer einer seiner Hiwis anwesend.

Endlich verließ Berger mit seinen Jungs den Raum. Günzel sah Schneider fragend an: „Wollen Sie gar nicht mit zum Essen, Chef?"

Schneider winkte ab: „Gehen Sie ruhig mit den anderen, Günzel, ich muss noch ein privates Telefonat führen." Kaum war Schneider alleine, ging er an die Tasche von Berger. Leider war diese mit einem Schnappschloss gesichert und Schneider zögerte kurz die Sicherung mit einer Schere aufzuhebeln. Natürlich siegte die Neugier. Mit einem leisen *Pling* flog das Schloss auf und Schneider fand das Objekt seiner Begierde. Gut versteckt unter seinem Mantel verließ Schneider mit dem Büchlein das Revier und setzte sich in die hinterste Ecke eines Hipster Cafés, von denen es in Berlin unzählige gab. Bei einem unverschämt guten Cappuccino schlug Schneider das Notizbuch auf. Bereits auf der ersten Seite wurde ihm klar, dass es sich dabei nicht um die Notizen von Berger handeln konnte. Ein akkurat gezeichneter Reichsadler mit Hakenkreuz im Eichenkranz war dort zu sehen und darunter eine Unterschrift, die Schneider bekannt vorkam. Hatte er sie nicht als kleiner Junge bei seinem Opa in dem Buch *Mein Kampf* gesehen? Nach kurzer Recherche im Netz konnte er sie als diejenige von Adolf Hitler identifizieren.

SCHWERE GESCHÜTZE

An diesem Morgen erwachte ich sehr früh. Ich fühlte mich wider Erwarten gut, der Entzug war zwar zu spüren, aber nicht mehr so stark wie am Vortag. Der Terminkalender für heute war prall gefüllt, um 8 Uhr schon wollten alle hier wieder erscheinen, um mit den Vorbereitungen für *Fall Rot* zu beginnen. Um mich zu stärken und nicht so sehr ans Meth zu denken, beschloss ich, einer anderen Leidenschaft von mir nachzugehen: dem Kuchenverzehr. Eigentlich eine Nachmittagsaktivität, aber dafür würde heute keine Zeit mehr sein. Ich machte mich kurz frisch und begab mich auf einen belebenden Spaziergang quer durch das langsam erwachende Industriegebiet. Nach gut 20 Minuten erreichte ich einen kleinen Bäcker, der mir am Vortag auf der Autofahrt aufgefallen war. Morgens, um halb sieben, war das Kuchenangebot leider noch nicht aufgefahren, so dass ich mich mit einem Schokocroissant und einem Marzipanhörnchen begnügen musste.

Zurück im Hauptquartier verspeiste ich die beiden Gaumenfreuden mit Hochgenuss und trank selbstredend einen Kaffee dazu. Just als ich meine Morgentoilette beendet hatte, kam Dieter durch die Werkstatt in das Lager. Er war deutlich zu früh, hielt eine Tasche umklammert und machte auf geheimnisvoll.

„Hey, Adolf, ich wollte Dich wegen heute Nacht noch etwas fragen, bevor die anderen kommen." Er sprach leiser als nötig, schließlich waren wir noch allein.

„Was gibt es denn?", fragte ich ihn und wir setzten uns auf meine Liege.

„Na ja", sagte er, „ich habe mir wegen der ganzen Sache heute Nacht noch einmal Gedanken gemacht."

„Jetzt sag nicht, Du willst einen Rückzieher machen?", fragte ich ihn kritisch.

„Nein, nein, auf keinen Fall", beschwichtigte er mich, „im Gegenteil. Ich bin dabei, da stehe ich zu. Ich habe nur gedacht, was ist, wenn etwas schief läuft und da doch ein Parkwächter herumläuft oder die Polizei oder irgendwelche Junkies." Er wirkte sehr angespannt.

„Ich sagte doch, da finden wir schon eine Lösung!", versuchte ich ihn zu beruhigen.

„Worauf ich hinaus will", fuhr er fort, „falls da doch jemand kommt, der sich nicht ohne weiteres verscheuchen lässt, da hätte ich eine Idee."

Er nahm seine Tasche hervor und öffnete sie weit, so dass ich darin zwei Pistolen erkennen konnte. Ich blickte ihn an.

„Ich bin doch im Schützenverein und ich konnte heute Nacht nicht einschlafen, weil ich nicht über den Gedanken hinweg kam, was wäre, wenn uns da irgendwer bei der Aktion in die Quere kommt." Er sah mich an und wartete auf meine Reaktion.

Ich grinste: „Eine super Idee, Dieter, das gibt uns doch Sicherheit, das ist unsere Versicherung für den Fall der Fälle."

Dieter schien eine große Last von den Schultern zu fallen. „Boah, da bin ich aber erleichtert, dass Du das auch so siehst", sagte er freudig, „die anderen sollen das aber nicht mitkriegen, glaube die hätten ein Problem mit scharfen Waffen."

„Das kann gut sein", bestätigte ich ihm, „aber jetzt zeig doch mal, was Du da feines hast!"

Dieter holte die beiden Pistolen aus der Tasche und legte sie auf das Bett.

„Munition habe ich auch dabei", sagte er, während ich die erste Pistole in die Hand nahm. Es handelte sich dabei um eine *Ruger Mk2*, eine Pistole die mich von der Form her an unsere gute *Luger 08* erinnerte. Natürlich war sie schwerer und nicht so gut in der Jackentasche zu tragen wie meine goldene Liliput.

„Das ist Kleinkaliber, 22er, zum Verscheuchen reicht die. Die Mafia tötet nur in dem Kaliber, per aufgesetzten Genickschuss und die Tatwaffe lassen sie neben dem Opfer liegen. Nur ein Mord pro Waffe, damit man später nicht damit erwischt werden kann. Ziemlich clever, oder?"

Mir war nicht klar, dass Dieter ein Mafia Fan war.

„Und die hier?", fragte ich und hob die größere, aber leichtere zweite Pistole an.

„Das ist eine *Glock 17* in neun Millimetern. Die macht richtig Spaß und größere Löcher." Dieter lachte. Ich hob die Glock an, zielte auf den imaginären Stalin und machte *Peng*.

„Und?", fragte er mich erwartungsvoll, „welche willst Du haben?"

Ich nahm nochmal die Ruger hoch, erst in der linken, dann in der rechten Hand, schließlich zielte ich mit beiden Pistolen in der Gegend herum.

„Die liegt besser in der Hand", sagte ich und wedelte mit der Ruger.

„Weißt Du denn damit umzugehen?", fragte Dieter.

„Natürlich!", erwiderte ich und zog cool den Schlitten durch.

„Wo ist denn die Munition?"

Dieter zog ein Päckchen á 50 Schuss 22er Long Rifle aus der Tasche. Ich kippte ein paar Patronen auf die Bettdecke und begann, das Magazin zu befüllen. Dieter kramte derweil noch ein Holster aus der Tasche, der, wie wir jedoch feststellen mussten, zu auffällig war. Ich legte die vollgeladene und gesicherte Pistole daher vorerst unter mein Kopfkissen. Dieter verstaute die Glock und die Tasche in seinem Büro und wir warteten gemeinsam auf den Rest der Truppe.

NOTIZEN II

Weil er so gut war, hatte sich Schneider noch einen zweiten Cappuccino gegönnt. Immer noch las er in dem Notizbuch. In der ersten Hälfte wechselten sich Skizzen von nationalsozialistischen Monumentalbauten mit politischen Redemanuskripten und taktischen Angriffsplänen ab.

Anders gesagt: Welthauptstadt Germania, Phantastereien über die Überlegenheit der Deutschen Rasse und Blitzkriegspläne gegen Nordamerika und den Rest der Welt. Je weiter Schneider vorankam, desto mehr änderte sich der Tonfall und desto kritzeliger wurden Skizzen und Angriffspläne. Alles wirkte fahriger und der Fokus wandelte sich. Immer weniger erkannte Schneider die *Lingua Tertii Imperii*, die Klemperer so vortrefflich beschrieben hatte und dessen Buch er in der Oberstufe hatte durcharbeiten müssen. Die Texte wurden kürzer und kürzer, bis nur noch einzelne Wörter auf die Seiten verteilt worden waren. Es waren Schimpfwörter mit sexuellem Bezug. Es ging um Fotzen, Schwänze und Ficksahne. Die sonst Albert Speer gewidmeten Zeichnungen riesiger Kuppelbauten und Behördensitze wichen denen von nackten Frauen, oftmals gefesselt und mit blauen Flecken auf den zerschundenen Körpern. Viel zu große Mengen Sperma, die aus sämtlichen Körperöffnungen tropften und ein Mann ohne Gesicht mit einem armdicken erigierten Penis. Schneider schauderte es, er fühlte sich wie im Horrorkabinett. Vor ihm lagen die Notizen eines Psychopathen, eines Sadisten, eines potentiellen Serienmörders. Mittlerweile musste Berger vom Mittag zurückgekommen sein und den Verlust bemerkt haben. Schneider überlegte, ob er ihn direkt mit dem Notizbuch konfrontieren, oder ob er es erstmal ins Hotel bringen und einen auf ahnungslos machen sollte. Er entschied sich für letzteres und kam 45 Minuten später im *War Room* an. Berger wirkte wider Erwarten ganz normal, grüßte ihn kurz und fuhr dann mit Günzel fort, Hinweise aus der Öffentlichkeitsfahndung zu analysieren. Der entscheidende Tipp ließ weiterhin auf sich warten.

BRÜCHIGER FRIEDEN

Der Nachmittag war geprägt von intensiver Arbeit. Dieter, Heinz, Günther und ich klapperten mehrere Baumärkte ab und besorgten die Zutaten für unsere fünf Bomben und einen Seilzug. Die ganze Aktion war sehr zeitaufwändig, denn wir fuhren jeden Baumarkt mindestens zwei Mal an und immer kaufte jemand anderes von uns nur eine Teilmenge, damit hier keine *Red Flags* gehisst würden. Nach einer gefühlten Ewigkeit hatten wir alle Punkte von Jaschas Zutatenliste abgearbeitet und kamen gegen 17 Uhr wieder im Hauptquartier an. Vor Ort waren Klaus, der wie versprochen seine lange Leiter mitgebracht hatte sowie Susanne und Jascha, die an unserer Pressemeldung arbeiteten.

Pressemeldung war vielleicht auch das falsche Wort, es war eher ein Bekennerschreiben und ein Aufruf, das System wie es jetzt war, die BRD GmbH endlich abzuschaffen. Jascha und Dieter machten sich sogleich daran, die verschiedenen Zutaten vorsichtig und genau nach Rezept in unsere Flaschen zu füllen. Heinz präparierte derweil die Lunten und Günther und ich bereiteten den Volvo vor. Erst jetzt fiel uns auf, das ja einer im Bunde fehlte: Wilhelm. Er hätte längst da sein müssen und er sollte auch Nummernschilder mitbringen.

„Das darf doch nicht wahr sein!", tobte ich. Komplikationen konnten wir bei unserem engen Zeitplan überhaupt nicht gebrauchen. Was nützte es, wenn die Tiger mit warmgelaufenen Motoren bereit stehen, aber die Munition fehlt. Ich war außer mir.

„Moment, ich versuche ihn anzurufen", sagte Günther. Wilhelm ging aber nicht ran.

„Weiß jemand wo Wilhelm wohnt?", fragte ich in die Runde.

„Ja, ich war mal bei ihm", antwortete Heinz.

„Ok, ihr macht hier weiter und Heinz und ich fahren zu Wilhelm und schauen was da los ist."

Im Gegensatz zu Dieter fuhr Heinz sehr unsicher. Wahrscheinlich war es nicht nur sein Alter, sondern auch das ihm fremde Fahrzeug. Ich war immer noch stink sauer und das Heinz sich auf dem vermeintlichen Weg zu Wilhelm mehrfach verfranzte, trug nicht zu meiner eh schon schlechten Laune bei. Endlich hielten wir vor einem kleinen grauen Haus mit gepflegtem Vorgarten an.

„Hier ist es", sagte Heinz.

„Du wartest hier", erwiderte ich und stieg aus. Es war kein Licht zu sehen, trotzdem öffnete ich die Gartenpforte und näherte mich der Haustür. An ihr hing ein Zettel wie es schien, nach zwei genommenen Stufen hielt ich ihn in der Hand: „Ich kann das nicht, ihr wisst was ich meine. Ich glaube wir werden beobachtet."

„Dieser verdammte Feigling", dachte ich. Ich warf den Zettel auf den Boden, trat und schlug gegen die Tür und schrie: „Wilhelm, Du feige Sau. Was bist Du für ein Führer? Du Verräter! Du lässt Deine Kameraden im Stich, auf Fahnenflucht steht die Todesstrafe. Komm' raus Du Sau!" Es nützte nichts, ich hatte keine Zeit die Tür einzutreten und Wilhelm aus seinem Loch zu ziehen, also ging ich zurück zu Heinz und stieg ins Auto.

„Und?", fragte er mich.

„Das Schwein kneift, sollte er nochmal auftauchen werden wir ihn standrechtlich erschießen!", erwiderte ich. Heinz lachte. Er wusste nicht, dass ich es ernst meinte.

Auf dem wirren Weg zurück ließ ich ihn in einer dunklen Seitenstraße anhalten und montierte von einem Kleinwagen die Nummernschilder ab. Besser gesagt riss ich sie ab, da ich kein Werkzeug dabei hatte. Wenigstens auf den Rest der Truppe war Verlass. Bei Ankunft in Dieters Werkstatt stand alles bereit: Fünf

20-Kilo-Bomben mit getränkten Lunten, der Seilzug, die lange Leiter und ein Stapel unseres Bekennerschreibens. Dieter gab mir per Augenzwinkern zu verstehen, dass er auch seine Pistole eingesteckt hatte. Wir verstauten alles im Kofferraum des Kombis und legten eine Decke darüber. Jascha montierte die gestohlenen Nummernschilder. Nun mussten wir entscheiden, wer bei der Aktion direkt an der Front stehen sollte. Schnell fiel die Wahl auf die fittesten und kräftigsten von uns, somit auf Jascha, Dieter, Günther und mich. Natürlich wäre ich lieber wie sonst nahe der Front mit den Generälen im Bunker geblieben, aber diesmal musste ich mutig und vorbildlich vorangehen, ich hatte keine Wahl.

„Ok, Kameraden", sagte ich in die Runde, „der Park ist ca. 15 Minuten mit dem Auto entfernt, die Bomben sollen um 5 Uhr 45 hochgehen. Wir fahren hier um 4 Uhr 50 pünktlich los. Bis dahin sollten wir versuchen etwas zu schlafen." Die Runde nickte.

„Und nicht vergessen, alle Handys bleiben hier und unser Alibi ist eine kleine Feier, bei der wir alle hier versackt sind", fügte Jascha hinzu. Dieter ging zum Schlafen in sein Büro, Jascha und Günther machten es sich in unserer Kommandozentrale gemütlich. Heinz wurde nach Hause entlassen und Susanne wartete bereits in meiner Schlafnische auf mich. Als ich die Tür hinter mir schloss und auf sie zuging, sah sie mich merkwürdig an.

„Was ist los, Susanne?", fragte ich.

„Was hast Du vor, Adolf?", sagte sie und zog die Pistole unter dem Kopfkissen hervor.

„Ach, Susanne, das ist doch nur für den Notfall, wenn uns einer quer kommt."

„Aber wir wollten doch keine Gewalt gegen Menschen anwenden", wand sie ein.

„Susanne", blickte ich sie ernst an, „was soll ich denn machen, wenn da tatsächlich ein Parkwächter kommt und uns festsetzen will? Soll ich mich verhaften lassen und den ersten Funken der seit Jahren in dieser Gruppe steckt gleich wieder im Keim ersticken lassen? Wenn man etwas erreichen will, dann muss man Risiken eingehen, Susanne. Der Feigling, der nur zuhause sitzt oder sich mit seinen gleichfeigen Freunden beim Griechen fett frisst, der erreicht doch nichts, oder, Susanne?"

„Mmh, Du hast wohl Recht, aber versprich mir, dass Du aufpasst und lieber abhaust, bevor Du jemanden abknallst."

„Versprochen", sagte ich und gab ihr zur Beruhigung einen Kuss. Sie erwiderte ihn so leidenschaftlich, dass schon wieder das eine zum anderen führte und ich sie ficken musste. Es war aber auch gut, so blieb mein Trieb unter Kontrolle und ich hatte einen klaren Kopf für die Mission. Nachdem sie sich durch die Hintertür rausgeschlichen hatte, kehrte Ruhe ein. Eine Ruhe, die in meinem Kopf dröhnte und kaum auszuhalten war. Gedanken schossen durch meinen Kopf, böse Gedanken von Fleisch und Blut. Blut, das durch meine Adern pulsierte und das ich in der Stille rauschen hören konnte. Ich wälzte mich hin und her, quälte mich, wusste nicht wie ich liegen sollte. Überall drückte es und mir war heiß, so dass ich die Decke von mir warf, nur um im nächsten Moment wieder zu frieren. Übelkeit plagte mich und ein Harndrang, der nur ein Phantom war, denn es kam kein einziger Tropfen. War es eine Panikattacke oder war es der Entzug, eine Psychose vielleicht? Es musste eine Ewigkeit gedauert haben und ich kann mich an den Übergang vom Wachzustand in das Dämmern nicht mehr erinnern, aber endlich hatte ich den Kampf gewonnen und schlief ein.

„Adolf, komm sofort her!", höre ich meinen Vater rufen. Ich verstecke mich. Er darf mich nicht finden. Nicht schon wieder. Mir tut der Rücken noch von der letzten Tracht Prügel weh. Bitte, bitte, lass ihn mich nicht finden.

PARANOIA

Schneider hatte sich den restlichen Tag ebenfalls der Analyse von Hinweisen und Videoaufnahmen gewidmet, dabei Berger aber nie aus den Augen gelassen. Die Tasche, die er vor wenigen Stunden aufgebrochen hatte, stand jetzt woanders, das heißt Berger musste etwas bemerkt haben. Warum sagte er nichts, warum beschuldigte er ihn nicht? Es musste doch für ihn offensichtlich sein, dass nur Schneider den Schneid für dieses Fehlverhalten hatte. Sollte doch *er* selbst den ersten Schritt machen und Berger das Notizbuch vor die Nase knallen und nach Antworten fragen? Oder hatte Berger bereits seine Lakaien in Schneiders Hotelzimmer geschickt, um ihn jetzt doch kurz vor der Pensionierung abzuschießen, weil er nun eine rote Linie überschritten hatte? Wo war eigentlich Gröhlmann? Schneider wurde leicht nervös. Schweiß lief ihm erst den Nacken und dann kalt den Rücken hinunter. Jetzt wurde er panisch. Er übergab formal einen halbwegs interessant klingenden Hinweis an Günzel und verabschiedete sich unter dem Vorwand einer Magenverstimmung in den Feierabend. Schnell wie selten begab er sich, halb gehend, halb laufend, zurück ins Hotel. Als er die Zimmertür intakt und schließlich das Notizbuch im Nachtschrank vorfand, fiel eine riesige Last von ihm ab. Er war jedoch nicht alles losgeworden.
Er suchte das Zimmer nach einem guten Versteck ab, wohlwissend, dass im Fall der Fälle die Bude so auseinandergenommen würde, dass nichts unentdeckt bliebe. Am Ende schnitte er Stundenlang mit dem stumpfen Mini-Taschenmesser von seinem Schlüsselbund ein Quadrat in die Seiten der Bibel, die in dem anderen Nachtschrank lag. Er war wie besessen davon, das Notizbuch in den Ausschnitt einzulegen, hielt die Bibel für das beste Versteck. Tatsächlich schaffte er es

und legte gegen Mitternacht das trojanische Buch auf den Tisch. Er war erschöpft und brauchte jetzt etwas Entspannung um in den Schlaf zu finden. Und seine Entspannung fand er in der Minibar.

FALL ROT

Um 4 Uhr 30 wurde ich von Dieter aus dem Schlaf gerissen. Ich fühlte mich wie tot. Schwerfällig schälte ich mich aus dem Bett. Gottlob hatte er bereits starken Kaffee gekocht, von dem ich zwei große Tassen in mich hinein kippte. Günther und Dieter waren die Lebendigkeit in Person. Sie wirkten freudig erregt und redeten zu viel. Jascha hingegen sah nervös aus. Er war auffallend still, nachdem er doch in der Vorbereitungsphase eine führende Rolle eingenommen hatte.

Der Kaffee hatte seine wachmachende Wirkung nicht verfehlt, ebenso wenig wie seine Stuhlfördernde. In nur neun Minuten sollte es losgehen und ich hing mit Sprühwurst auf dem Donnerbalken. Für mich in dem Moment also eher ein *Fall Kot*. Keine guten Voraussetzungen, aber da musste ich jetzt durch. Ich presste mit aller Kraft raus, was raus ging und kam gerade rechtzeitig angezogen und mit Pistole im Hosenbund am bereits warm laufenden Volvo an. Die Jungs hatten mir, wie es dem Führer gebührt, den Beifahrersitz frei gelassen. Dieter saß am Steuer und fuhr erst los, als die Digitaluhr in dem Wagen auf 4 Uhr 50 sprang. Die in dem Industriegebiet kürzlich auf LED umgestellten Straßenlaternen erhellten im Fünf-Sekunden-Takt den Fahrzeuginnenraum. Das kalte Licht war unangenehm und ich schloss die Augen. Günther stupste mich an, denn er verteilte an alle frisch befüllte Sturmfeuerzeuge. Die Gespräche waren verstummt und einer subtilen Anspannung gewichen. Wir glitten fast lautlos über die nächtlichen Straßen von Berlin. Alles wirkte friedlich, nur vereinzelt waren ein paar Nachtschwärmer auf den Gehsteigen unterwegs.

Bereits um 5 Uhr 02 erreichten wir die Straße „Am Treptower Park". Dieter sah sich flüchtig um und fuhr dann kurz vor der Herkomer Straße über den Bordstein und einen Sandweg in den Park hinein. Er schaltete das Licht aus und verlangsamte auf Schrittgeschwindigkeit. Der Weg vor uns war nur schemenhaft zu erkennen. Linker Hand passierten wir ein kleines Gebäude, zur rechten musste sich der Karpfenteich befinden, den ich mir auf der Karte im Hauptquartier eingeprägt hatte. Dieter hatte sein Fenster heruntergefahren und den Kopf hinausgestreckt, um den Weg besser erkennen zu können. Kühle frische Luft drang in den Wagen. Ein herrliches Gefühl, fast wie am frühen Morgen auf dem Berghof.

„Ok, bald müssen wir hinter dem Ehrenmal sein", flüsterte Günther von hinten. Da krachte es plötzlich heftig und der Wagen wurde durchgeschüttelt.

„Was war das, verdammt?", fragte Jascha.

„Keine Ahnung, irgendwie hängen wir fest", sagte Dieter, der wild am Schalten war und versuchte zu beschleunigen.

„Scheiße, was machen wir denn jetzt?", fragte Günther.

„Ruhig bleiben", erwiderte ich „seht doch mal, dort!" Ich zeigte auf das Denkmal, welches sich auf 9 Uhr in circa 50 Metern Entfernung befand.

„Wir erledigen das letzte Stück zu Fuß und kümmern uns dann um den Wagen. Ganz ran fahren hätten wir ja eh nicht können."

Wir stiegen aus, öffneten den Kofferraum und nahmen die Leiter, den Flaschenzug und die erste Bombe heraus. Außerdem steckten wir jeder ein paar der Bekennerschreiben ein. Nach wenigen Metern mussten wir eine Mauer nehmen. Jascha stieg als erster hinüber, ich warf den Flaschenzug hinterher und reichte ihm dann von der Leiter aus die erste explosive Flasche. Günther und Dieter holten derweil die restlichen vier Stück. Dann kletterten auch Dieter und ich hinüber und Günther stieß die Leiter über die Mauer und blieb als Wachposten und für den späteren Rückzug an der Stelle zurück. Jascha und ich legten uns die Leiter über die Schultern und verließen langsam den Schutz der Bäume. Dunkel, groß und fast bedrohlich zeichnete sich dieses Denkmal der Sieger vor dem klaren Nachthimmel ab. Langsam stiegen wir den Grashügel hinauf. Dieter folgte uns in einigem Abstand mit einer der Bomben. Wir umrundeten es halb und kamen am Eingang des Sockels, zu dem auch der eigentliche Treppenzugang führte zum Stehen. Wir legten alles ab und holten die restlichen vier Sprengsätze, Jascha hatte seinen Elan zurückgewonnen und ging zweimal. Als alles *mise en place* war, hielten wir für einen kurzen Moment inne und betrachteten den mittlerweile im Dämmerlicht liegenden Park. Von hier oben sah das symmetrisch angelegte Areal durchaus ansprechend aus, mich hätte brennend interessiert, was Albert dazu gesagt hätte. Es war mittlerweile 5 Uhr 29 und wir mussten nun dringend ans Werk gehen. Wir platzierten zwei der Flaschen direkt vor dem Eingang im Sockel und stellten dann die ausgefahrene Leiter auf. Jascha kletterte mit dem Flaschenzug hinauf. Leider war der Anstellwinkel der Leiter derart ungünstig, dass er es nicht bis ganz nach oben zur Figur des sowjetischen Soldaten schaffte. Wir beschlossen die restlichen drei Sprengladungen erstmal auf die erste Ebene des Sockels zu befördern. Dafür befestigte Jascha den Zug an einer der oberen Sprossen der Leiter und wir befestigten unten die 20 Kilogramm Flasche. Dann zog Jascha eine Flasche nach der anderen nach oben.

Wieder bildeten wir aus zwei Flaschen ein Bombenpärchen direkt am Mal, diesmal auf der ersten Ebene. „Wenn ich ganz hoch soll, muss die Leiter hier rauf", rief Jascha, „und einer von euch muss mit rauf, um die Leiter zu halten und die letzte Bombe anzureichen." Dieter und ich blickten uns an. „Kannst Du, Adolf, ich merke schon wieder meine Hüfte."

„Na klar", sagte ich, wohlwissend, dass Dieter fit wie ein Turnschuh war. Ich kletterte also nach oben und wir zogen die Leiter hinauf. Wir stellten sie an das Denkmal und diesmal passte alles. Jascha kletterte nach oben und erreichte das Schwert der Statue.

„Hier zwischen Schwert und Bein müsste die Bombe reinpassen", rief er nach unten.

„Ok, dann lass mal das Seil hinunter", rief ich ihm zu, als es plötzlich furchtbar in meinem Bauch zu grummeln begann. Der verdammte Kaffee war mit seiner subversiven Wirkung noch nicht am Ende. Der Druck war immens, der Torpedo musste nun aus dem Rohr. Ich hatte keine Zeit mehr großartig zu reagieren, mir gelang es nur noch geistesgegenwärtig die Hose herunter zu ziehen und den braunen Regen auf den armen Dieter herab prasseln zu lassen. Meinen „In Deckung"-Ruf hatte er wohl nicht mehr gehört, konnte sich aber nach einem Treffer am Arm in den Eingang am Sockel retten. „Tut mir leid", rief ich dem tobenden Dieter hinunter, Jascha musste lachen. Dabei war die Sache alles andere als witzig. *Braunhemd* bekam nun eine ganz neue Bedeutung. Nachdem ich die Hose wieder hochgezogen hatte und wir uns alle wieder beruhigt hatten, befestigte ich die letzte Bombe im Seilzug. Jascha zog sie nach oben und versuchte sie über die Sprossen zu hieven. Die Leiter wurde durch seine Bewegungen zunehmend instabiler und ich hatte Schwierigkeiten, sie an ihrem Platz zu halten.

„Jascha, nicht so wild!", rief ich nach oben.

„Ich hab's gleich", kam zurück. Und tatsächlich: Jascha hatte die Flaschenbombe zwischen Schwert und Bein des Soldaten platzieren können.

„Ok, die Lunte ist auf drei Minuten eingestellt. Wenn Du sie angezündet hast, muss es schnell gehen", rief Dieter von unten zu uns herauf.

„Alles klar", schrie Jascha und ich sah von unten, wie er das Feuerzeug entzündete. Unter einem dezenten Funkenflug fing die Lunte an zu brennen.

„Los, nichts wie runter", rief ich Jascha zu, der sich halb auf dem Denkmal hängend zurück auf die Leiter schwang und schnell die erste Sprosse nehmen wollte.

Dabei trat er ins Leere, fiel somit mit dem linken Fuß durch die Sprossen, wurde mit dem Schritt in der Leiter gebremst und stürzte dann rücklings mit einem *Salto Mortale* erst mit dem Rücken auf den Rand der ersten Ebene und schließlich auf den unten wie gelähmt stehenden Dieter. Nach einem Geräusch das wie trockenes Holz klang, das durchgebrochen wurde, war Stille. Nur aus der Ferne war das erste Vogelgezwitscher zu hören.

„Jascha, Dieter?", rief ich nach unten, doch es kam keine Antwort. Ich nahm hektisch die Leiter und stellte sie ein Stück neben den leblosen Körpern auf dem Boden ab. Schnell entzündete ich die Lunte der Doppelladung und stieg die Leiter vorsichtig nach unten. Aus Jaschas Ohr rann Blut und ich fasste ihm an die Halsschlagader. Ich konnte nichts fühlen, er war tatsächlich zu Tode gestürzt. Dieter hingegen atmete noch. Ich verpasste ihm ein paar Ohrfeigen: „Dieter, Dieter, wach auf!", schrie ich ihn an. Er bewegte den Kopf und wimmerte, aber wollte nicht wach werden. Adrenalingepusht zog ich ihn unter dem Körper von Jascha hervor und einige Meter den Grashügel hinunter. Dann rannte ich wieder nach oben und zündete die letzte Lunte an.

„Hey!", dröhnte ein Ruf aus dem Park zu mir herüber. Ein Mann mit Taschenlampe lief auf das Denkmal zu. Ich nahm die Beine in die Hand und gab Hackengas, als läge ich unter MG Feuer. Jascha und Dieter musste ich zurücklassen. Ich stratzte durch die Bäume zur Mauer. Dabei schrie ich immer wieder „Günther, mach den Wagen fertig!". Mit einem großen Satz sprang ich an die Mauer und zog mich daran hoch. Gerade als ich oben war, gab es einen lauten Knall. Die erste Bombe war hoch gegangen. Durch die Blätter der Bäume konnte ich nichts Genaues erkennen, aber ich hatte auch keine Zeit unser Werk zu bewundern. Mit einem großen Satz sprang ich hinunter und rannte Richtung Auto. Günther, den ich bisher eher als Mitläufer erlebt hatte, hatte den Wagen mit dem Wagenheber ein Stück hochgekurbelt.

„Was ist passiert?", sah er mich fragen an.

„Keine Zeit", antwortete ich, „was ist mit dem Auto?"

„Der ist vorne auf einem Stein aufgesetzt, wenn wir den Wagen jetzt nach hinten wegdrücken, müssten wir ihn lösen könne."

„In welche Richtung?", schrie ich ihn an. Günther stellte sich an die Motorhaube: „Hier, nach hinten." Zusammen stemmten wir uns gegen den Wagen, der sodann vom Wagenheber und von dem Stein glitt. Wir sprangen hinein und fuhren mit quietschenden Reifen davon. Mit einer großen Staubwolke hinter uns brauste Günther den nun deutlich zu erkennenden Sandweg entlang. Das Denkmal ließen wir links liegen, nahmen dann eine Rechte und fuhren mit einem harten Schlag in die Stoßdämpfer über den Kantstein auf die Puschkinallee.

„Günther, jetzt heiz hier nicht so, wir fallen sonst auf", mahnte ich, immer noch außer Atem und nassgeschwitzt.

„Was ist passiert, wo sind Jascha und Dieter?", fragte Günther.

Ich fing mich und antwortete ernst: „Es gab leider einen Unfall. Jascha ist ganz unglücklich von der Leiter gestürzt und auf Dieter gefallen."

„Was? Und Du hast sie da verletzt zurück gelassen?", fragte Günther entsetzt.

„Ich hatte keine Wahl, Jascha ist tot und Dieter konnte ich nur noch aus der Gefahrenzone ziehen. Die Lunten brannten ja schon und dann kam da noch jemand mit einer Taschenlampe auf uns zu gelaufen."

„Wilhelm hatte Recht, das war doch alles eine Schnaps-
idee, warum haben wir uns bloß darauf eingelassen,
der arme Jascha", fing Günther an rum zu jammern.
Und weiter: „Wir müssen uns stellen, wir müssen
einen Krankenwagen für Dieter rufen." Günther hielt
den Wagen an.

„Jetzt beruhige Dich, Günther, große Ziele brauchen
manchmal Opfer!", versuchte ich ihn auf Linie zu
bringen, doch er ließ sich nicht beruhigen.

„Große Ziele, so ein Schwachsinn. Irgendein Denkmal
sprengen, das ist es doch nicht wert. Dieter ist mein
Freund, verdammt."

„Komm, fahr weiter!", befahl ich ihm, „oder fahr zumindest hier irgendwo ran, da links!"

Günther fuhr über gestrichelte Linien links in eine
Straße die zur Spree führte und parkte auf einem der
zahlreichen Parkplätze.

„Scheiße, und jetzt? Wir haben ja nicht mal unsere
Handys dabei", fragte Günther.

„Wir beruhigen uns jetzt erstmal, da kam ja jemand
angelaufen, der wird mittlerweile sicher auch Dieter
entdeckt haben und Hilfe holen."

„Ja, aber wir hängen da doch jetzt mit drin.
Sachbeschädigung, Verstoß gegen das Kriegswaffen-
kontrollgesetz, vielleicht sogar Terrorismus!? Wir
müssen uns stellen!", sagte Günther erneut. Das konnte
ich natürlich nicht zulassen.

„Man, man, man", jammerte er vor sich hin.

„Gut, dann ruf doch bitte die Polizei. Da hinten am
Anleger habe ich gerade jemanden gehen sehen, der
hat bestimmt ein Handy dabei", sagte ich ihm und
zeigte Richtung Spree.

„Ja, ja, in Ordnung", antwortete Günther und öffnete
die Tür. Er bemerkte beim Aussteigen nicht, wie ich
mich zur Fahrerseite hinüber beugte, die Waffe aus
dem Hosenbund zog und auf seinen Hinterkopf zielte.
Ich drückte ab. Der Schuss saß und Günther sackte

leblos zusammen. Wenigstens hatte er es nicht kommen sehen. Meine Ohren piepten, der Knall war im Innenraum des Wagens besonders laut gewesen und es stank nach Zunder und faulen Eiern. Ich setzte mich hinter das Steuer, zog die Tür zu und startete den Motor. Ich fuhr rückwärts aus der Parklücke und würgte dann beim Anfahrversuch den Motor ab. Ich war ewig nicht mehr selbst Auto gefahren. Beim zweiten Versuch klappte es und etwas ruppig ging es Richtung Hauptquartier.

Erwartungsvoll wurde ich von Susanne und Heinz begrüßt als ich in die Werkstatt einfuhr, doch schnell wich der freudige Blick von ihnen, als sie mich alleine im Wagen sahen. Susanne fiel mir direkt um den Hals: „Was ist passiert, wo sind die anderen?"

„Die Aktion ist gut gelaufen, allerdings war dort doch jemand und wir mussten getrennt fliehen. Ich bin sicher die anderen werden hier bald eintrudeln."

Heinz und Susanne wirkten erleichtert.

„Gott sei Dank", sagte Susanne und flüsterte mir ins Ohr: „Es ist aber wirklich nichts passiert? Du hast niemanden erschossen?"

„Es ist alles in Ordnung", sagte ich laut, „ich bin gespannt, wann etwas in den Nachrichten kommt."

Während wir im Strategiezimmer auf den Fernseher starrten und Susanne immer wieder im Internet nach News googelte, musste ich mir überlegen, wie es weitergehen sollte. Irgendwann würden die beiden letzten Reichsbürger merken, dass die anderen nicht wiederkommen würden. Mir lief die Zeit davon. Diese kleinteiligen Aktionen waren zu langwierig und fehleranfällig, auf die Truppe konnte ich nicht mehr bauen. Es fiel mir schwer, mich richtig zu konzentrieren, denn Susannes BH zeichnete sich unter ihrer Bluse ab. Obwohl ich von der Aktion und dem Durchfall geschwächt war, spürte ich die Geilheit in mir aufsteigen. Jetzt noch zwei Täfelchen *Vitamultin*, dann hätte es abgehen können. Aber ich durfte jetzt nicht ans Ficken und Susannes feuchte Möse denken, ich musste mir überlegen, wie ich Deutschland retten konnte. Ich musste größer denken. Wie schnell hatte ich diese Truppe mit meiner Aura von mir und diesem Himmelfahrtskommando überzeugen können?

Wie die 6. Armee waren Sie in den eigenen Untergang marschiert. Und ich fühlte mich genau wie damals, nach der Einkesselung. Scheiß Stalingrad, scheiß russischer Winter. Ich musste alles auf eine Karte setzen, ich brauchte eine Ardennenoffensive, aber eine die klappt. Ich war sicher, das Volk überzeugen zu können, wenn es mich denn nur hören könnte. In den Nachrichten kam ein Bericht über eine Debatte im Bundestag. Moment mal, Bundestag? Das ist es! Ich musste es nur in den Bundestag ans Mikrofon schaffen, das Fernsehen würde es in alle Haushalte übertragen. Das Volk stünde sofort hinter mir und dann wäre Deutschland gerettet und das Reich könnte neu entstehen. Das Unternehmen taufte ich die *Wacht am Reichstag*. Die Rede würde ich spontan halten, ich brauchte kein langes Einstudieren mehr wie früher vor dem Spiegel. Die Psychologie der Massen beherrschte ich aus dem ff. Auch wenn Jascha, Dieter und Günther alle kein Handy und keine Dokumente bei sich trugen, so war es nur eine Frage der Zeit bis sie über Zahnabdrücke oder unser doofes Bekennerschreiben identifiziert würden. Ich musste noch heute die Werkstatt verlassen und zum Reichstag. Heinz und Susanne waren dabei nur Ballast, ich würde sie vermutlich auch erschießen müssen. Oder sollte ich Susanne mitnehmen und mir mit ihr Bonnie und Clyde mäßig den Weg frei schiessen? Ich musste an *Gehetzt* denken, einen durchaus gelungenen Film des Anti-Nazis Fritz Lang, der in die USA emigrierte, nachdem er mich indirekt als Dr. Mabuse dargestellt hatte. Das dumme Schwein hätte die Leitung des Deutschen Films haben können, wenn er bereit gewesen wäre, in unserem Sinne zu arbeiten. Gerade als ich so in Gedanken versunken war, kam eine Eilmeldung über den Schirm. Gebannt lauschten wir dem Reporter:

„Wie die Berliner Polizei soeben mitteilte, kam es in den frühen Morgenstunden zu einem Sprengstoffanschlag auf das Sowjetische Ehrenmal im Treptower Park. Ein politischer Hintergrund kann momentan nicht ausgeschlossen werden. Gegenwärtig sind Spezialisten des Kampfmittelräumdienstes dabei, den Tatort abzusichern. Weitere Informationen liegen aus ermittlungstaktischen Gründen gegenwärtig nicht vor, wir sind mit einem Reporterteam vor Ort und melden uns in einer halben Stunde mit einer ersten Liveschaltung und hoffentlich neuen Informationen."

Heinz und Susanne brachen in Jubel aus. Für mich war die Meldung bedeutungslos, ich war nur froh, dass von den Toten noch keine Rede war.

MONA

Lautes Klopfen an der Zimmertür ließ Schneider aus dem Schlaf hochschrecken. Es war bereits halb Neun. „Jetzt kommen sie", dachte er und stand auf. Er blickte auf sein Handy, doch es war tot. Er hatte vergessen, es über Nacht aufzuladen. Er schlürfte zur Tür in der Gewissheit gleich von Berger verhaftet zu werden. Als er sie öffnete stand jedoch Günzel davor und war ganz aufgeregt: „Chef, Gott sei Dank, ich konnte Sie telefonisch nicht erreichen."

„Was ist denn, Günzel?", raunte Schneider verkatert zurück.

„Mona hat sich gemeldet, auf die Öffentlich-keitsfahndung hin. Eine Streife bringt sie gerade ins Revier."

„Das ist ja fantastisch, Günzel, jetzt ist Erntezeit. Warten Sie kurz, ich mache mich schnell fertig."

Auf dem Revier begaben sich Schneider und Günzel in den Überwachungsbereich des großen Verhörraumes. Berger wartete dort und beobachtete durch den großen Spiegel die soeben eingetroffene Mona Barg. Sie war anders als erwartet eher bieder gekleidet und sah überhaupt nicht nach Punk aus. Sie saß am Tisch und fummelte mit der rechten Hand am linken Zeigefinger herum. Berger sah Schneider an: „Wollen Sie die Dame befragen?" Schneider war überrascht, er hatte fest damit gerechnet mit Berger eine lange Diskussion darüber führen zu müssen, dass er bei der Befragung dabei sein wolle. Jetzt bot Berger ihm sogar alleine den Job an. Schneider versuchte sich nichts anmerken zu lassen und sagte: „Gern, aber ich nehm' Günzel mit rein." „Einverstanden."

Schneider und Günzel betraten den Verhörraum.

„Guten Tag Frau Barg, ich bin Kommissar Schneider und das ist mein Kollege Herr Günzel. Wie geht es Ihnen?"

„Danke, gut", sagte Mona.

„Wie mir berichtet wurde, so haben Sie sich auf unseren Fahndungsaufruf hin gemeldet?"

„Ja, genau", sagte Mona, die Schneider starr in die Augen blickte.

„Bevor Sie anfangen zu erzählen, muss ich Sie darauf hinweisen, dass alles was sie uns nun sagen aufgezeichnet wird und gegebenenfalls vor Gericht gegen Sie verwendet werden kann."

„Moment, wieso gegen mich?", fragte Mona.

„Na ja, wir habe Sie gesucht, wissen Sie. Wir halten es zwar nach aktuellem Erkenntnisstand für nicht sonderlich wahrscheinlich, aber auch nicht für ausgeschlossen, dass Sie etwas mit dem Mord an Martin Zellner zu tun haben. Da bin ich ganz ehrlich mit Ihnen."

„Ich hab Zecki nicht umgebracht!", wand Mona empört ein.

„Ist ja gut, Frau Barg, Herr Schneider wollte ja nur darauf hinweisen, dass Sie für uns mehr als eine Zeugin sind. Ich bin sicher, es klärt sich alles auf. Vielleicht fangen wir einmal ganz vorne an."

„Also, ich weiß nicht viel über den Mann den Sie suchen, er heißt Adolf und ist morgens am Bahnhof Sternschanze in Hamburg aufgetaucht. Pille hatte wohl Mitleid mit ihm und ihn mitschnorren lassen."

„Und weiter?"

„Wir sind dann in den Park gegangen. Ich fand den Adolf irgendwie nett, auch wenn er merkwürdig war."

„Inwiefern merkwürdig?", fragte Schneider nach.

„Er wirkte irgendwie so verloren, wie von gestern. Hat mich Fräulein genannt und war komisch angezogen. Schuhe mit Klettverschluss hatte er an. Er war ganz fasziniert von meinem Smartphone. Musste ihm zeigen wie das funktioniert und dann hat er sich ganz viele

171

Wikipedia Artikel durchgelesen. Irgendwann meldete sich der Akku und ich hatte die Idee bei Zecki, also bei Herrn Zellner in der Wohnung eine Weile aufzuladen."

„Und dann sind Sie mit Adolf zu Herrn Zellner in die Wohnung gegangen?"

„Ja, genau. Zecki mochte es zwar nicht, aber den konnte ich dann, na ja, überzeugen." Mona wurde rot.

„Ich glaube ich verstehe", sagte Günzel verständnisvoll.

„Und dann?", drängelte Schneider.

„Dann hat Martin mich Bier holen geschickt und ich hab ihn mit Adolf alleine gelassen und als ich wieder kam… da war Adolf weg und Martin lag in einer riesen Blutlache auf dem Boden." Monas Augen wurden feucht.

„Ich weiß, dass das nicht leicht ist, Frau Barg. Nehmen Sie sich ruhig Zeit. Kann ich Ihnen vielleicht einen Kaffee oder ein Wasser holen?"

„Nein, danke, es geht schon."

„Fahren Sie bitte fort", sagte Schneider.

„Ich stand dann erstmal unter Schock. Ich konnte mir nicht vorstellen, dass Adolf etwas damit zu tun hatte, aber ich hatte totale Panik und bin dann nach Berlin zu einer Freundin gefahren. Ich wollte einfach nur weg aus Hamburg. Dann hab ich es in den Kopf bekommen und mich hineingesteigert, dass es jemand auch auf mich abgesehen hat. Darum habe ich die Haare kürzer geschnitten und die Punkersachen abgelegt."

„Sie sind also quasi untergetaucht?"

„So würde ich es auch nicht unbedingt nennen. Meine Freundin weiß aber nicht, was passiert ist. Bei der habe ich schon öfter gecrasht. Und nach zwei Tagen, als ich mich wieder etwas gefangen hatte, da dachte ich, wenn ich mich jetzt bei der Polizei melde, das ist doch auch komisch. Die Fragen dann, warum ich mich nicht sofort gemeldet habe und das wollte ich dann alles nicht."

„Verständlich", sagte Günzel.

„Wieso melden Sie sich jetzt, weil er nun offiziell als Verdächtiger gesucht wird?", fragte Schneider.

„Jein. Es war etwas anders. Adolf hatte ja immer noch mein Handy und das habe ich per App geortet. Ich war total überrascht, als es mir in Berlin angezeigt wurde. Da habe ich mir gedacht, bevor ich die Bullen, pardon, die Polizei anrufe, schau ich mir die Sache lieber selber an."

„Kennen Sie nicht den Spruch: *Wer sich in Gefahr begibt, kommt meistens darin um?*", fragte Schneider belehrend.

„Na ja, ich sitze ja jetzt hier. Was soll das?", sagte Mona gereizt.

„Ich glaube was Herr Schneider sagen will, ist, dass es manchmal besser ist uns *Bullen* zu rufen", beschwichtigte Günzel und zwinkerte bei dem Wort *Bullen*.

„Wie auch immer. Ich habe dann tatsächlich Adolf tracken können. Er war wirklich obdachlos und hat in einem Gartenhaus gepennt. Dann kam das Signal aber aus einem Industriegebiet, wo ich ihn mehrfach beobachtet habe. Eine Car-Hifi-Werkstatt, wo er ein paar ältere Männer getroffen hatte und auch Damenbesuch empfing."

„Sie haben ihn richtig observiert, oder wie muss ich das verstehen?"

„An sich schon. Die Detektivin war in mir geweckt und ich hatte auch nichts Besseres zu tun. Als die dann gestern Nachmittag mit Flaschen, Unkrautvernichter und mehreren Kanistern Reinigungsmittel vorfuhren, da wusste ich, dass da was am Laufen ist. Und als ich heute Morgen von dem Sprengstoffanschlag im Treptower Park gehört habe, konnte ich Eins und Eins zusammenzählen und habe mich gemeldet."

Plötzlich flog die Tür auf und Berger betrat den Raum.

„Frau Barg, sagen Sie mir den Namen der Werkstatt."

Mona blickte fragend zu Günzel, der ihr zunickte.

„Car-Hifi Dieter Röschmann."

ENDKAMPF UM DAS REICH

Ich war ganz begeistert und voll überzeugt von meinem Plan. Eine Rede an das Volk, so simpel und doch so effektiv. In der kleinen Teeküche bereitete ich mir ein Toastbrot und einen Tee. Dann ging ich mich frisch machen. Ich wollte gut aussehen, wenn ich später am Rednerpult stehen und Deutschland retten würde. Man durfte die Macht der Bilder nicht unterschätzen. Und gerade diese ersten Bilder einer neuen Ära würden millionenfach in den Geschichtsbüchern der Welt abgedruckt werden.

Nachdem ich mich gründlich rasiert und die Frisur in Form gebracht hatte, begann ich meine Sachen zu packen. Just als ich fertig war, kam Susanne herein. „Kommst Du, Schatz, gleich gibt es den nächsten Bericht."

So hatte sie mich noch nie genannt. Es missfiel mir, sie war nur eine Mätresse für mich, eine Mätresse deren Lebensuhr bald abgelaufen sein würde.

„Ich komme gleich." Ich lächelte und sie ging nichts ahnend wieder hinaus. Ich zog eine Jacke über und zögerte. Sollte ich die beiden wirklich erschießen oder mich einfach hinausschleichen? Nein, es musste sein, ich durfte keine Spuren hinterlassen, wenn ich einen *fresh start* als Führer wollte.

Berger, Gröhlmann, Günzel und Schneider waren mit dem Mercedes Transporter losgebraust und Berger hatte erst kurz vor Ankunft bei Car-Hifi Röschmann um Verstärkung gebeten. Schneider gefiel das, denn wenn die Sache in Verbindung mit dem Anschlag stand, da wäre hier nicht nur ein Mobiles Einsatzkommando, sondern auch der Staatsschutz und wer weiß wer sonst noch reingestürmt. Berger wollte jetzt ebenfalls die Lorbeeren selbst einheimsen. Langsam fuhren sie an das Objekt heran und parkten in einigen Metern Abstand. Von außen war alles ruhig. Durch das offene Tor war ein Volvo zu sehen. Berger übernahm die Führung und befahl: „Gröhlmann und ich gehen vorne rein, Sie, Schneider, gehen mit Günzel hinten herum." Schneider war einverstanden, er musste und wollte auf seine alten Tage nicht mehr riskieren, abgeknallt zu werden. Er ging daher mit Günzel einen größeren Bogen als nötig und näherte sich dann aus der Deckung heraus der Rückseite des Gebäudes. Kurz bevor er hinter der Seitenwand verschwand, sah er Berger und Gröhlmann mit gezückten Waffen die Werkstatt betreten.

Vorsichtig öffnete ich die Tür des Lagers und wollte gerade hervortreten, als ich einen Schatten am Werkstatteingang sah. Ich zog die Tür wieder heran und sah durch den Schlitz, wie ein Mann mit gezogener Waffe leise hinter dem Volvo entlang schlich. „Scheiße!", dachte ich, und ging auf Zehenspitzen Richtung Hintereingang. Ich fühlte mich wie 1945 im Bunker, in die Enge getrieben, besiegt. Allerdings wollte ich nicht schon wieder Selbstmord begehen, ich wollte zum Reichstag, Deutschland retten, verdammt.
Ich nahm die Ruger aus dem Hosenbund und entsicherte sie. Zitternd zog ich den Lauf ein Stück nach hinten, um zu prüfen, ob sich eine Patrone darin befand. Die Waffe war einsatzbereit. Als in der Werkstatt die Tür zum Besprechungsraum aufgetreten wurde und ich laute „Hände hoch, Polizei"-Rufe hörte, ging ich hinter das Gebäude.

Schneider hatte sich auf der Seite des Türanschlags positioniert und Günzel auf der Seite des Griffs. Beide hatten nun ebenfalls die Dienstwaffen im Anschlag und wollten gerade die Tür öffnen, als diese aufflog und der gesuchte Verdächtige heraustrat. Mit einem lauten Schrei schoss er auf Günzel und traf ihn an der Schulter. Günzels Waffe fiel auf den Boden. Günzel sah dem Mann in die Augen und erschrak. So einen irren Blick hatte er noch nie gesehen. Adolf richtete die Pistole nun auf Günzels Kopf. Bevor er abdrücken konnte, schlug Schneider mit ganzer Kraft mit seinem Revolver zu. Adolf brach zusammen.

Mir wurde schwarz vor Augen.

Ich streichle Blondie ein letztes Mal über den Kopf. Sie wird von Bormann in den Nebenraum mitgenommen. Nervös gehe ich auf und ab. Es dauert nicht lange und Martin kommt zurück und nickt kurz. Es ist Zeit. Ich gehe zu meiner Frau und lasse mich neben ihr auf dem Sofa nieder. Wie tapfer sie da sitzt. Ich gebe ihr einen Kuss, weiche ein Stück zurück und sehe ihr in die Augen. Eine Träne rinnt ihre Wange hinunter, als ich das Knacken der Kapsel in ihrem Mund höre. Auch ich beiße zu und halte mir die Mündung der Walther an die linke Schläfe.
Ich atme tief und ohne Angst.

FATA VIAM INVENIENT

Und so kam es für den Mann zu einem ähnlich un-
rühmlichen Ende, wie für den, für den er sich hielt.
Schneiders Hieb, der einem Donnerschlag gleich die
ganze Wut und all den Hass auf dem Schädel entlud,
verursachte ein schweres Hirn-Trauma. Nach einem
Subduralhämatom und mehreren Wochen im Koma
wurde der Mann wieder in die Anstalt eingeliefert, aus
der er ausgebrochen war. Ob er sich jemals wieder erholen wird, bleibt abzuwarten.

Kommissar Schneider wurde in den Ruhestand entlassen. Er besucht nun die Treffen der Anonymen Al-
koholiker. Wenn er seine Sucht besiegt hat, will er
alleine mit dem Wohnmobil auf große Tour gehen. Seine Frau beobachtet er nur noch selten.

Günzel leidet an einer posttraumatischen Belastungs-
störung, allerdings nicht weil er angeschossen worden
ist, sondern weil ihn der Blick des Täters in seinen
Träumen verfolgt. Er ist momentan dienstunfähig und
befindet sich in ambulanter Psychotherapie.

Soko 18 Leiter Berger wurde vom Staatsrat persönlich
zu dem Fahndungserfolg beglückwünscht und befindet
sich derzeit bei einem Profiling-Lehrgang des FBI in
Washington.

Mona hat sich von der Punkerszene losgesagt und
erfolgreich den Einstellungstest bei der Polizei bestan-
den.

Dieter ist noch im Treptower Park seinen Ver-
letzungen erlegen.

Susanne und Heinz wurden, auch um ein Zeichen zu setzen, zu mehrjährigen Haftstrafen verurteilt. Susanne hat im Gefängnis Gabi kennengelernt und ist zu einer überzeugten *Leckschwester* geworden.

Das Sowjetische Ehrenmal hat keine wesentlichen Schäden davon getragen. Lediglich eine der fünf Ladungen war explodiert oder besser gesagt verpufft, so dass nur etwas Ruß von dem Denkmal entfernt werden musste.

Das in der Bibel versteckte Notizbuch hat einem gläubigen Gast einen gehörigen Schrecken eingejagt und ihm zu einem kostenlosen Zimmerupgrade verholfen.

Pille und Kalle schnorren noch heute an Hamburger Bahnhöfen und genießen ihr Leben mit Fötzchen und viel Dosenbier.

Nun aber bleiben Glaube, Hoffnung, Liebe, diese drei;
aber die Liebe ist die größte unter ihnen.
(1. Kor 13, 13)

Nachwort:

Wenn man über Jemanden schreibt, der sich für Hitler hält, so muss man die Grenzen des guten Geschmacks und der politischen Korrektheit manchmal überschreiten. Auch die Nutzung von Stereotypen war an einigen Stellen notwendig.

Ich bitte dies, auch wenn die künstlerische Freiheit es zulässt, zu entschuldigen.

Lasst uns dafür Sorge tragen, dass alle Nazis und Rassisten, genau wie in dieser Geschichte, kläglich scheitern.

Zeitfracht Medien GmbH
Ferdinand-Jühlke-Straße 7
99095 Erfurt, Deutschland
produktsicherheit@kolibri360.de